U0584907

THE HAZE HUNTER

王敏 著

作家出版社

爱新爵萝

雾小霾

水玲珑

小川
TERRY kon
012

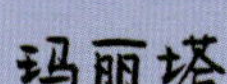
玛丽塔

目 录

第一章

死亡庆典

这是一枚珍贵的金徽章，周围镶嵌着十八颗闪闪发光的钻石，中间是绿宝石组成的森林王国的标志——绿树。价值不菲，意义重大，代表着至高荣誉。

小川制服了小霾，森林王国奖励给他这枚金徽章。

他拿着金徽章，心里很内疚，没能保护好玛丽塔。当森林王国把金徽章奖励给他的时候，他认为玛丽塔更应该得到，是她帮忙才制服了小霾，她还感染了霾病毒，陷入昏迷无法醒来。

她才是真正的英雄。

小川把金徽章扣在玛丽塔胸前，替她理了理凌乱的亚麻色鬈发。他为玛丽塔难过，十七岁的少女，夏天应该去游泳，和同伴们吃冰淇淋，徜徉在沙滩上。

可玛丽塔的十七岁，却成了植物人躺在病床上不能动弹。

她变得很清瘦，但病容掩盖不了她少数民族美少女的气质：天然卷曲的亚麻色长发散落在枕头上；像麋鹿一样惊恐的大眼睛紧闭着；高挺的鼻梁上戴着氧气罩，她靠呼吸机才能生存。

盛夏的阳光明媚，万物蓬勃生长。小川在心里默默地祈祷，玛丽塔也有旺盛的生命力，早点醒来。好像回应他的期待似的，玛丽塔的眼皮动了动！

这时，阿里木教授敲门进来。他是玛丽塔的爸爸，长得高鼻深目，戴着高度近视眼镜，亚麻色头发天然卷曲，在他头上乱蓬蓬的像鸟窝。

“教授，教授，我看见玛丽塔眼皮动了！”小川激动地告诉他。

“那太好了！”阿里木教授开心地坐在病床前，拉起玛丽塔的手，感到十分欣慰。女儿再也不是通缉犯，她跟外曾祖父一样成了受人尊敬的猎霾英雄！是小川帮助玛丽塔完成了心愿——保护了小霾。

阿里木教授很感激小川，曾经问他想要什么报酬。小川什么也不要，他认为玛丽塔就应该得到金徽章。他说玛丽塔保护小霾是眼光远大。

阿里木教授感动得眼泪流下来。他收回思绪，突然看见玛丽塔胸前那一枚闪闪发光的金徽章，“唉，可惜玛丽塔不知道你把这份荣耀给了她！”

阿里木教授感到遗憾，金徽章意义重大，要是玛丽塔知道该有多开心啊！

小川提议给玛丽塔拍一张佩戴金徽章的照片。有一些记忆

留下，玛丽塔十七岁的夏天才不会空白。

表彰大会上应该拍一些照片的，等玛丽塔醒来的时候，才不会错过那么多精彩。阿里木教授有些懊恼，表彰大会上，他只顾着感动了，根本没有想到拍照。

阿里木教授决定举办一场小型庆祝会，不用那么吵闹，小型而温馨，可以拍下许多照片。

当天，他就用车把玛丽塔接回家。他要玛丽塔回到温馨的家里，这样拍出来的照片才美好。以后，玛丽塔看到肯定很开心。

他们就这样把玛丽塔接回了家。

却没有想到，躺在病床上不会动弹的植物人玛丽塔发生了意外——她遭到暗杀，生命没有以后了。

当时，他们谁也没有想到，会有人要杀害善良的玛丽塔。

就连小川，也没有注意到杀手悄然逼近。他们一出医院，小川就被森林王国美丽的景色所吸引。

玛丽塔生活在一个非常美丽的国度。这里不愧叫作森林王国，就如他们的标志——一棵绿树。这里满眼绿色：深绿、浅绿、墨绿、翠绿……各种绿，深浅不一。森林王国的人们喜欢种树。他们规定，每砍一棵树就要种下两棵树苗。因此这里到处都是郁郁葱葱的森林。

小川进入玛丽塔家的时候，简直惊呆了。她家的院墙居然没有使用一块砖头，而是许多矮柏树修剪成弯曲龙身的形状当成院墙，造型独特，典雅大方。

大门口就是两条龙头相对，戏含翠珠，翠珠便是圆圆的月亮门，巧妙美观，别具匠心。

看到小川目瞪口呆的样子，阿里木教授便解释："这是剪枝造型，叫二龙戏珠。"

他们的房屋没有使用钢筋水泥，而是红墙白窗的木头房子，房顶上栽种着郁金香。院子里收拾得很整齐，绿化非常好。大草坪上有两棵红苹果树，许多苹果掉在草坪上。教授解释，那苹果留在那儿，是给夜晚出来溜达的梅花鹿吃的。

玛丽塔家的保姆夏嬷嬷正坐在一个六角凉亭下剥豌豆，看见他们回来，站起来迎接。

小川又被那六角凉亭吸引住了，这亭子居然是用树枝编成的：它是六棵柏树巧妙地连接剪裁成的凉亭造型，厚密的柏树枝连接成亭盖，阴天可避雨，晴日可遮阳，就像现在炎热的夏季，坐在此亭中能感到格外清凉。

小川把玛丽塔送进屋里，夏嬷嬷可开心了。在她看来，玛丽塔得到金徽章，是光宗耀祖的大喜事，应当好好庆祝。

夏嬷嬷在厨房愉快地忙碌着，玛丽塔回来了，小川也住进来，这是家里不曾有过的热闹啊！

接触两天，夏嬷嬷越发喜欢小川。尽管他有少见的紫灰头发，还脑子少根筋，却是一个有趣的孩子，爱说话，还腿脚勤快。夏嬷嬷要小川帮忙，去超市买气球、彩带，准备把房间好好装饰一番，要把庆祝会搞得和过节一样隆重。

她告诉小川，当年，她看到猎霾战士得到金徽章，骑马游街，人们庆祝了三天三夜呢。

小川马上就出发了，他很庆幸选择了步行。森林王国每一栋房子都有每一栋房子的个性，非常具有观赏性。人们种上矮树篱围成院子，然后根据自己的喜好修剪成各种形状。小川走了一趟，才知道玛丽塔家的院墙只是基本款式。更有创意的人家把树篱修剪成海豚顶球、两只天鹅戏水等造型。

森林王国没有高楼，大多数是两三层木头房子，基本都坐落在湖边。大概治安良好，人们也不讲究防盗，所谓的院墙只为圈起草坪来而已。你抬脚就可以跨越院墙，进入别人家里。他们看起来很淳朴，陌生人之间也会见面问候，更欢迎你去看他们的剪枝造型。

小川路过好奇地瞧，就遇到好几家邀请他进去欣赏。他拒绝了，他要去买气球。不过，当他路过一片田地的时候，还是停下来看了好久。这里的农民居然也像艺术家一样，把自己田地里的稻草垛弄成猛犸象的形状：四条腿架起一个长方形草垛，那稻草垂下来很像猛犸象的长毛。一边堆成猛犸头的形状，还用弯曲的树枝做猛犸象牙，真是惟妙惟肖。

小川惊叹连连！如果不在森林王国走一走，他就不会知道，树枝可以修剪成那么多美丽的造型。

他发现森林王国的人们都注重环保美观。无论是种地的农民伯伯还是做饭的奶奶，都能把手边仅有的东西弄成美丽的形状。像夏嬷嬷这样的老人，在屋子后面开垦一片菜园，都要整理成大花朵形状。种的青菜啊，葱啊，蒜苗啊都要讲究美观。整体看那片菜地，就像一个五彩缤纷的大花朵，非常美观。

小川觉得这里的人都是拥有艺术细胞的植物学家，一如他们城市的名字——森林王国紫荆花城、青苔皇宫绿荫广场。名字都散发着植物的清新气息。

这是真正的森林城市，玛丽塔一家虽然在都市，过的却是田园生活，到处都是可爱的植物、漂亮的大树。

小川还发现一棵奇怪的树木，高达二十米，树形美观，尤其是果实特别可爱。那果子表面长了一层毛，如同猴毛。

夏嬷嬷告诉他，这树叫猴欢喜。果子成熟时，野外的猴子以为是板栗，个个抢着去采摘，准备饱餐一顿。谁知剥开后很多果壳里面是空的，落了空欢喜一场，因此被取名为“猴欢喜”。

这是珍贵树种，她想多留些种子。但猴子总会爬上树偷摘果实。现在树下就有两只猴子，在捡食落下的果实。

小川帮她去赶猴子，发现树上居然还有三只猴子在偷果实。小川赶它们下来，那帮猴子居然对着他龇牙，还用果实砸他。

小川觉得这树应该叫猴喜欢，如果不是用棍子驱赶，猴子根本不下来。

他正在赶猴子，水玲珑过来了。

水玲珑和小川同在猎霾战队，她过来帮忙准备庆祝会。

夏嬷嬷一看到水玲珑，就觉她可怜。这姑娘瘦小单薄，衣服邋遢，头发像枯草，再加上那碧绿的眼睛，乍一看像个动物。为了让她有个人样，夏嬷嬷找来好几套衣服送给她。

水玲珑摇头拒绝了，她帮忙装饰房间，动作麻利。他们很快就把房间装饰一新，门和窗边都挂上了漂亮的彩带。一切准备就绪，庆祝会要开始了！

楼上，阿里木教授闻到了菜肴的香味，他盼着庆祝会。

楼下，小川装饰好了房子，也在盼着晚上的庆祝会。

谁也没有注意到，角落里一个黑影冷笑着，“玛丽塔的死期到了！今天的金徽章庆祝会就是她的死亡庆典！”

第二章

夜半三更出现的黑影

一派喜庆的气氛!

小川站在院子里，欣赏自己装饰好的房子。突然听见汽车喇叭声，玛丽塔家门口停下一辆豪车。

一位花白头发、健硕硬朗的老人走下车，他手里提着礼物，身后跟着一位蜂蜜茶色头发的女孩，长得高挑白皙桃花眼。他们走进了院子。

这大概是玛丽塔的亲戚吧？得知要举办金徽章庆祝会，他们肯定是来道贺的。小川热情地去迎接，“你们好!”

那个高挑清秀的短发女孩一看见小川就惊呼：“哇，你染了超美的薄藤紫发色耶!”

小川抓了抓头发，尴尬道：“不是染的。嗯，你们进去吧，阿里木教授在家的。”

阿里木教授看到来客却愣住了，这不是大名鼎鼎的蔓青国富豪——爱新政德吗？他们非亲非故的，他来做什么？

爱新政德把一盒礼物放进阿里木手中，便解释说，他是特地带孙子来看望猎霾英雄的。

原来是玛丽塔的崇拜者！阿里木教授非常高兴，就带他们进入玛丽塔的房间。

小川就在窗户外面，他正寻思着如何爬上房顶，剪下几枝郁金香插花瓶。水玲珑已经拿着剪刀在屋顶上了，她扔给小川三枝郁金香，便问刚才那个是男孩还是女孩。

小川也有些好奇，他以为是个短发女孩，却听见那位爷爷说是孙子。说实话，那孩子短发平胸，长得有些雌雄莫辨，不过满身的茉莉花香水味，倒是令人印象深刻。

屋里，爱新政德就对那孩子说："一个女孩竟然敢保护霾，可你遇到危险，只会往女仆裙子里钻。"

爷爷恨铁不成钢，那孩子却一副事不关己的样子，还偷偷拿出小镜子，照了照，"我长得好看吗？"

爱新政德发现自己的孙子偷偷照镜子，不顾在别人家，忍不住就发脾气了，"整天就知道臭美，要是穿上裙子别人非把你当女孩不可。"

"他不是女孩啊？"小川惊讶地脱口而出，他明明就是女孩相，高挑白皙桃花眼，还涂了口红，画着眼线。

小川这句话就是火上浇油，爱新政德更生气了，"爱新爵萝，我非要把你送出去锻炼锻炼不可。"

爷爷看起来很彪悍，性格也是说干就干，他即刻跟阿里木

012

告别，气哼哼地走了。男孩爱新爵萝跟出屋子，跺着脚对小川发脾气，“都怪你！把人家当女孩子，看——把爷爷都气走了，讨——厌！”他扭捏着追赶了出去。

小川看那男孩发脾气，忍不住想笑。明明就是女孩子撒娇嘛！嗲声嗲气，标准的一个娘娘腔。

爱新政德和他孙子很生气地走了。小川还蛮开心的，玛丽塔成了英雄，那位爷爷还希望孙子学习呢！

小川感到欣慰！

庆祝会热闹而温馨，老医生和夏嬷嬷给玛丽塔穿上猎霾战士制服，看起来像礼仪士兵——漂亮威风。小川亲自给她佩戴好金徽章，水玲珑在一边撒下彩色的纸屑增加气氛。阿里木教授拍下许多照片。

接着大家合唱了《猎霾战士之歌》。这是一位作曲家为猎霾战士谱写的战歌，调子轻快又激昂，当年一度广为传唱。后来环境变得美好，大家都忘记了霾的存在，无人再唱这歌曲。多少美好的事物已成明日黄花，多少经典老歌就这样悄无声息地衰落，再无人传唱。夏嬷嬷有心翻找出来，今晚，森林王国大地上再次响起了猎霾战士的歌声：

猎霾战士，保卫家园的勇士

守卫着我们蓝蓝的夜空

守卫着我们温馨的小幸福

空气因为你而美好

阳光因为你而灿烂

河水因为你而清澈

人们因为你而幸福

猎霾战士——家园的——勇士!

五个人一起合唱，情绪激昂。昏迷中的玛丽塔也许听到了称赞的歌声，眼角悄悄流下了泪水。老医生断定，不出三天，玛丽塔就能醒过来。

他们高兴地庆祝了整个晚上，拍了许多照片，等玛丽塔醒过来，小川要给她讲述这个开心的夜晚。

他让玛丽塔从悬赏逃犯变成了猎霾战士，这真有些出乎意料，但他做到了。小川非常高兴，开心地哼唱着猎霾战士歌。

但他很快打起了哈欠，夜已深，他需要睡觉了。他准备上楼，又觉得嘴巴有些干，肯定是唱歌太用力了。他回到厨房倒了一大杯水，咕嘟咕嘟喝完，上楼就倒在床上呼呼大睡了。

阳光下，美丽的青草地上，玛丽塔举着五颜六色的气球咯咯笑着在草地上奔跑。她的亚麻色长发在阳光下闪闪发光。小川就在树荫下看着，他突然看见那闪闪的光芒是一把刀，朝着玛丽塔后背刺过来！玛丽塔中刀倒在草地上，血流了一地。

“啊！玛丽塔，玛丽塔！”小川着急地喊道。突然，他惊醒了，满头大汗，好像急速跑了八百米似的，他感觉浑身虚脱，口干舌燥。

小川看见明亮的月光透过窗户洒满地面。夜虫鸣叫，月朗星稀，墙壁上挂着的夜光表显示，此刻正是凌晨三点。

原来是个梦！小川松了一口气，想躺回被窝继续睡觉，却感觉有点尿急，肯定是庆祝会上饮料喝多了。他瞌睡得很，想要撑着等早上再去厕所。当他要躺下的时候，发现尿憋着肯定睡不好。

还是不要偷懒了，去厕所回来再睡吧。

小川闭着眼睛爬起来去厕所，他打着哈欠正在洗手间里方便，外面突然传来哗啦一声，吓得小川尿一半停住了。他推开厕所窗户往外瞅，只见猴欢喜树下，一个身影闪过。

是猴子？

半夜还来偷果实，真是一只勤快的猴子！小川懒散地想着。他看见猴子蹲在了树篱后面。

干吗藏起来？白日里，它们还胆大包天用果实砸他呢！

“去！”小川对着窗外喊了一声，那猴子躲在树篱后面一动不动。小川提上裤子，准备找个东西扔过去，把猴子赶走。

小川回到房间，去找可以扔出去的东西。他在房间转了一圈，发现森林王国的人生活好简约，没有乱七八糟的东西可以扔。他又伸头往树下瞅了一眼。此刻，树影摇曳，隐隐透出一种不祥的气息。小川想到猴子不是夜行动物，晚上不出来的。

会不会是小偷啊？

小川从窗户探出身子四处看，发现玛丽塔房间的后窗开着。

难道是昨天晚上，庆祝会结束的时候他们忘记关窗了？还是玛丽塔喜欢月光，故意打开的呢？玛丽塔又不会动，谁会半夜打开窗户？

小川不放心了，他提好裤子走出去，发现玛丽塔房间的门像邀人入内似的开着，里面一片漆黑。小川感到不安，他冲进去，哗啦一声，脚踩到了什么东西。小川慌忙摸到墙上的开关，吧嗒一声打开。

房间里变了模样，一片狼藉：玛丽塔的被子被掀开，亚麻色长发散乱地盖在脸上；胸口的金徽章不见了；输液的架子倒在地上，脸上的氧气罩被扔在一边；输液的针头从玛丽塔手腕上拔出来，软塑料瓶里面的药物正一滴一滴往外流淌，像玛丽塔正在消逝的生命。

小川惊叫一声，扑到玛丽塔手边。那些可怕的绿毛已经侵占了她的胳膊，病毒朝着躯干蔓延，如果到达心脏位置，玛丽塔即刻就会毙命，她是不能中断药物的。

“玛丽塔！玛丽塔！”小川叫喊着，慌乱地把氧气罩盖在她的鼻子上。可是，氧气管居然被割断了。

小川慌乱地抓起针头，要给玛丽塔注射，可是他不懂医术，不知道该扎哪儿。

“教授教授，快来救救玛丽塔！”小川跑到阿里木的卧室，他睡得很死，小川摇晃着他才醒过来。

“嗯嗯，怎么了?”他一脸迷茫。

小川拽着他跑进玛丽塔的房间，阿里木教授愣住了，“这是怎么回事?”

“快救玛丽塔，快点啊!”

可是阿里木也不会打针，他抱起玛丽塔，去试探鼻息，“呼吸停止了!”

“你说什么?”小川吼道。

“玛丽塔死了!”阿里木教授不敢相信。

第三章

谁是凶手

小川反应迅速，他知道家里没有氧气，没有药物，一刻也不耽误，就背上玛丽塔直奔医院。他不接受死亡，他相信玛丽塔还能抢救!

夏嬷嬷起来的时候，小川已经不见了踪影。夏嬷嬷看到了房间里的情景，确定玛丽塔一定出事了，也跟着去了医院。

玛丽塔家里一片静悄悄，慌乱嘈杂过去之后，就剩下猴欢喜树下那个黑影。

黑影一直没有离开，躲在暗处，看着他们慌乱起来，看着小川像疯子一样，背起玛丽塔跑向医院。

“她已经停止了呼吸，你们努力也是白费。”黑影得意地一笑，看了看手里的金徽章，脚步轻快地走掉了，很快与夜色融为一体，谁也没有发现。

“救命啊，快来人抢救啊!”小川背着玛丽塔，跑进医院的大门就高声喊道。保安正四仰八叉躺在值班室凳子上，听到喊声，一跃而起，追赶着要他们进行出入登记。

小川理也不理，冲进急诊室，趴在桌子上打瞌睡的值班女护士相当专业，她认出是长期住院的玛丽塔，就麻利接下，把她放在手术台上。

老医生也冲进来，他们开始抢救。

小川坐在外面凳子上，才发现自己跑得衣服湿透了，双腿酸痛。但是他的心不在自己身上，虽然被赶到外面，他还是透过玻璃窗户，注视手术台上的玛丽塔。老医生使用电击，强行让玛丽塔苏醒——他在与死神争抢玛丽塔的生命。

电击跟刑法，几乎没有差别，急救室里的电击是把病人击活过来，感受痛苦。小川心疼无比，痛苦的时间总是过得如此缓慢。大概等了漫长的一个世纪，急救室的门终于打开了，老医生戴着口罩疲惫地走了出来。

“怎么样了?”阿里木和夏嬷嬷冲到老医生面前。

老医生摘下口罩，“她醒了!”

小川笑了!

老医生皱着眉头警告他们，情况很不乐观。玛丽塔还在严重危险期，稍有意外发生，心跳就会再度停止。

“我们能去看看她吗?”小川期待地问。

老医生瞪了小川一眼，又重申：“不能有任何意外，也就是说，你没有刷牙的口气都能导致霾病毒扩张，她需要在完全洁净的环境中才能活下来。”

小川闭上嘴巴，他当然没有刷牙，也没有洗脸，还没有睡觉。

他们三人隔着窗户守着玛丽塔。老医生劝他们回去休息，除了担心，他们三个在这儿也不起作用！

阿里木教授建议他们轮流守护，他先来。他让小川回去休息，让夏嬷嬷去找毕莫大人，查清是谁要杀害玛丽塔。

小川回家，推开玛丽塔房间的门，看着满屋子狼藉，不禁后悔昨天晚上庆祝得太开心，居然疏忽了，他是不是最后一个离开的，到底有没有关门？

这么大的事情，推倒那么多东西，他和阿里木教授竟然都没有听见？

小川在屋里查看了一番，他想可能跟晚上看见的那只猴子有关，就朝着屋后的猴欢喜树走去。他仔细查看树木周围，发现了折断的树篱。

这可能不是猴子，难道猴子会剪断氧气管，拔掉针头？即便猴子会做这些，也没有理由去做啊，它们干吗跟玛丽塔过不去呢？

偷走金徽章，更不是猴子所为。金徽章对于猴子来说，还不如一根香蕉呢。小川推断，是个盗贼偷走了金徽章。

如果单单为了钱财，盗贼为何又拔掉玛丽塔的呼吸器呢？

这明显是想杀害她。

什么样的人会做出如此卑鄙的事情——杀害英雄玛丽塔呢?

小川百思不得其解。

毕莫大人听到猎霾英雄被害，就亲自赶了过来。他鹰眼犀利，一副严肃冰冷的样子，面无表情地听小川汇报。

小川努力回忆，这些天进出玛丽塔病房的人员。

有阿里木教授和夏嬷嬷，阿里木是玛丽塔的爸爸，夏嬷嬷是玛丽塔家的保姆，在他们家待了四十多年，他们心疼玛丽塔还来不及呢，当然排除在外。

还有老医生，他天天研究怎么让玛丽塔苏醒过来，他才不想玛丽塔死呢。

除了小川自己，还有水玲珑。她跟玛丽塔不太熟悉，两人似乎都没什么交集，无冤无仇的，她也没有什么理由去杀玛丽塔。

小川知道她来自荔波小七孔，参加了伏霾大战，并且被封为猎霾战士，昨天她还帮忙装饰房子，并且参加了庆祝会。

她是猎霾战士，她不会做坏事的！小川很确定。要说不太熟悉的人，还真是有——素不相识的爱新政德带着他的孙子来过。

小川如实向毕莫大人做了汇报。

“你怀疑跟爱新家族有关?”毕莫大人问。

其他人都熟悉，只有他们是陌生人，还在事件发生的当天下午来过，“应该去了解一下！”小川建议。

他不是怀疑这两个人杀了玛丽塔，而是奇怪怎么如此凑巧，他们来过之后，玛丽塔就出事了。

凶手可能在动手之前，来过玛丽塔家里。

割断了氧气管，拔掉针头，置人于死地，这绝对是一个心理阴暗的变态所为。而爱新政德那个孙子——爱新爵萝，看上去就不正常。

毕莫大人决定到爱新政德家里了解情况，小川也跟着来了。

刚刚走到爱新政德家门口，小川就断定，即便是他们所为，也不是为谋财。爱新政德家房子的奢华程度跟青苔皇宫有的一拼。他们独自居住在郊外湖中心的一个小岛上，建筑风格跟森林王国完全不同。

森林王国风格简约，处处体现自然。而这里是一片金黄耀人眼，房屋顶上是金黄色的琉璃瓦，两扇朱红色大门，门顶上挂着一块奢华的牌匾，四周镶着金边，上刻三个鎏金大字：翡翠园。

毕莫大人介绍，爱新家族是蔓青国的人，翡翠园只是他们存放翡翠艺术品的别墅。

为了艺术品就建这么奢华的别墅，肯定不会去偷一个金徽章。

谁是凶手呢？

谁会对一个躺在病床上不能动的植物人下手呢？

第四章

翡翠骨头

翡翠园内栽种着各种名贵花草树木，有高大苍翠的老柏树，有纤细碧绿的紫藤，有雄伟高耸的白皮松。亭阁楼榭掩映其间，还有一座太湖石堆成的假山，幽美而恬静。

翡翠园的房子也是极尽奢华，屋顶上都镶嵌着金黄色的龙。大门口是两个威风凛凛的石头狮子，呈现出一派古典风格。但里面的人与时俱进，两个戴着白手套身穿挺直燕尾服的仆人迎接他们入内。

硬朗健硕的爱新政德万分热情地迎上来，“首相大人光临寒舍，真是我爱新家族无上的荣光啊!”

他一边招呼客人，一边偷偷地给旁边的仆人使眼色。小川瞧见那仆人慌忙拿块红布去盖一尊碧绿的雕像。

“不用盖了!”毕莫大人不客气道，“谁还不知道你们家做绿骨头生意的。”

爱新政德有些尴尬，哈哈笑着请他们入座。小川故意拣了一个靠近雕像的位置坐下。他想要仔细看看那雕像。

小川仔细看了看，那不是雕像，而是一副人体骨架。还不是白骨，而是像翡翠般漂亮的绿骨头，隐隐约约散发出一种说不出来的恐怖美。

昂贵的工艺品大概需要怀着敬畏的心情去欣赏。小川站在绿骨头前面，突然涌起一种很特别的情绪，心往下沉——这种恐怖的美震慑人心。

小川屏息欣赏，却听见毕莫大人劝爱新政德，不能一直做这种破坏自然的生意。

“已经在转型升级了，可船大了不好掉头，您得给点儿时间。”爱新政德赔着笑脸。他们家族几百年来都从事绿骨头贸易。

毕莫大人也走到绿骨头前面，“要尽快出台保护条款，不然你会把它们杀光的。”

爱新政德知道绿骨头生意难以为继。他还没有找到替代的生意。爱新政德知道要下点血本，“这玩意儿越来越珍贵了，大人，我把它送给您。”他声音压得很低，但小川还是听见了，“一副绿骨头就可以买下一支部队。”

毕莫大人看着那副绿骨头，哈哈笑起来，“那我收下，为森林王国增加一支部队？”

“也只有这么昂贵的礼物才配得上您呀！”爱新政德打了个响指，让仆人将绿骨头包装好。

小川看着仆人抬走绿骨头，那明明就是一副人骨头。人骨头不可能那么贵重，能买下一支部队。

他想肯定是某一种少见的动物的骨头。但他没有想出什么动物能长成人那样，还是绿骨头。

毕莫大人声明他不是来要绿骨头的。

爱新政德却抓着绿骨头话题不放，恳求首相大人给他二十年时间，他就把绿骨头改变成利于国家的生意。

“根本不用二十年，你们很快就会把绿精灵杀光的。”毕莫大人摇头，不行。

“那就十五年！”爱新政德让步。

“依我看，五年就要出台相关保护法律。”

“您老为动物考虑，可否也考虑一下绝地人？”爱新政德争取道，“如果不猎杀绿精灵，绝地人如何生活？”

毕莫大人看了他一眼，“那就七年！”

“十四年！”爱新政德说，“绝地人的帮扶工作交给我！”

“十年！”毕莫大人语气不快了。

爱新政德狡猾地一笑，“您说了算！”

这两个人说着说着就开始讨价还价了。毕莫大人似乎忘记了玛丽塔的事情。小川得提醒一下，“毕莫大人，您是不是跑题了？该说回正事了！”

爱新政德很惊讶，这杂毛小子到底懂不懂人情世故，敢这样说话，他知不知道毕莫大人的身份？

毕莫大人却笑起来，“是跑题了。我来跟你说，金徽章丢了。”

爱新政德一听，就把他那个男生女相的孙子叫了进来，让他再赞助一枚金徽章！

他孙子不同意，“还让我赞助？我可没那么多零花钱啦！”

“你应该出点钱，爱新爵萝，”爱新政德打断他的抱怨，“他们和你同龄，却在为森林王国出力。”

小川肯定，不是他们偷的金徽章，之前那枚金徽章就是他们赞助的。他忽然改变话题，“爱新爵萝，你认识玛丽塔吗？”

爱新爵萝摇摇头。

“你不会杀她，对吧？”小川盯着他的眼睛直接问。

“哦，杀人，太恐怖了！”爱新爵萝桃花眼里闪出震惊。那不容易装出来。看他胆怯的样子，完全不敢半夜去杀人。小川凭着感觉断定，不是这个富家少爷干的。

毕莫大人和他爷爷聊了玛丽塔被杀的事情，也没有问出有用的信息，就要离开。

爱新政德送他们到门口，临别的时候，他提议让爱新爵萝进入猎霾战队锻炼锻炼。

毕莫大人看了一眼爱新爵萝，不禁皱起眉头。不要说苛刻的毕莫大人，就是小川也看不惯这个男孩：一副柔弱的女相，有桃花眼，还细皮嫩肉齿白唇红。

爱新政德解释，现在的男孩都缺乏阳刚之气。被女人养大，被女老师教大，身边都是女人。好像他孙子长就一副弱不禁风的样子都怪女人。

“男孩需要到部队去锻炼，正好你们成立了猎霾战队。只要让他加入，我愿意出战队的运营经费!”他爷爷一副财大气粗的样子。

那个柔弱少年对锻炼根本不感兴趣，正拿着小镜子照自己的脸。

毕莫大人不卑不亢，“猎霾战队都是拿生命作为入场券的，不是钱。”

现今和平年代，霾已经被关押起来，也没有可以让孩子拼命的地方呀！爱新政德无奈道：“如果有机会，我会毫不犹豫把他扔出去锻炼的。”

“那就等机会吧!”毕莫大人敷衍着要离开。

爱新政德慌忙拦住，“首相大人，如果您给机会，我愿意拿出一半家产，我只有这么一个孙子，如果他无能，留下家业有何用?”

“好吧，我会留意，”毕莫大人总算答应了，“把你的家业——哦不，孙子派上用场的。”

他们离开翡翠园。

一无所获，小川沮丧不已，还偏偏又累又饿的，肚子不争气地咕咕叫了起来。小川咳嗽一声掩饰尴尬。毕莫大人突然停在了前面，一言不发。

咦？难道毕莫大人也听到他肚子咕咕叫，要请他吃饭？跟这个清心寡欲的毕莫大人吃饭，估计连饭菜也没有味道了。即便很饿，小川也不想跟他共进晚餐。

可是，毕莫大人并没有回头看小川，他望着前方。

小川顺着他的视线看过去，完全惊呆了——森林王国出了怪事！

第五章

神秘消失的囚犯

树林间野猴出没；梅花鹿时常跑进院子里吃苹果；树洞里猫头鹰飞进飞出；草坪上能看见孔雀散步。森林王国堪称动物的天堂，也是空气最良好的国家，森林覆盖率达到了百分之七十，从来没有雾霾，更没有沙尘暴！

今天，毫无征兆地就出现了一股沙尘暴，滚滚而来。猴子和梅花鹿都惊叫着逃命。小川张着嘴，那吃惊的“啊”还没有出口，一股狂风夹杂着沙尘就灌进他嘴里——吃了满满一口沙子。

霎时，天地一片昏暗，滚滚黄沙扑面而来，将百年绿树淹没其中。小川和毕莫大人在风中捂着嘴吃力行走。

白日变得昏暗，猎霾训练营的一个铁塔被大风刮成了斜塔。霾防治中心的招牌被大风掀翻，挂在楼顶摇摇欲坠。小川一把拽起毕莫大人，躲进霾防治中心的楼房内。

前脚刚刚进去，后面就听见咣当一声，招牌掉落下来砸在地面上，灰尘四起，更是睁不开眼睛。

他们躲进门岗小屋里，沙尘打在玻璃窗上，沙沙作响。

小川揉了揉眼睛，才看清毕莫大人站在玻璃窗后面，正盯着外面的风沙，喃喃道："我就不喜欢天翻地覆的生活，可这沙尘暴——我从小到大都没有遇到过！"

"这真是百年不遇的沙尘暴了。"小川接话。

尽管他们关闭了门窗，但茶几上、椅子上还是落下来一层沙尘。他们躲避了两个小时，沙尘暴持续未停，毕莫大人伸头看看窗外，这场沙尘暴肯定导致很多灾难，他要回去处理。他不能再躲在这儿了。

他走出去，小川也跟着出来。此刻，空气中充斥着呛人的沙尘，出门的人们，头发衣服里都落满了细细的沙子。地面、房屋，甚至每一片树叶都被沙土覆盖。从绿荫广场望去，青苔皇宫仿佛被沙尘"埋没"了。

小川只是听说，从来没有体会过沙尘暴。他没有想到，风刮起沙尘会这般厉害。明明是个大晴天，太阳辐射却不见了，恶劣的能见度，导致他的视力好像严重下降，路人面对面看不清长相。

之前他听夏嬷嬷感叹过，居住在森林王国很幸福。其他地方，二月吃雾霾，三月吃风沙，四月吃柳絮。而今天，在环境最好的国度，小川居然吃了一嘴沙尘。

他心情糟糕到极点：半夜上厕所，正进行一半就被打断了，直到现在，他都没有好好停下来喝口水，上一下厕所。

这么忙碌，也没有查出是谁要杀玛丽塔。

小川正要告别毕莫大人，回家上厕所，却突然看见青苔皇宫内跑出许多皇家勇士。

毕莫大人看见皇家勇士，就立刻命令他们去排查受灾民众。

“等等，这是小事！”身材发福的国王从皇家勇士的簇拥中走出来。

强沙尘暴袭击森林王国，这是小事？

小川停住准备离开的脚步，看到国王一把抓住毕莫大人，递给他许多文件，“首相，你可回来了！”国王慌张道，“大事不好了，小霾越狱了！”

什么?！小川和首相大人一样震惊。

小霾越狱了，这怎么可能？

他们把小霾关在了守卫最森严的关塔纳魔湾监狱。

那是三面环海，只有一面通往陆地的孤岛监狱。通往陆地的一面，有高墙，有电网，还有十步一岗、五步一哨的把守，可谓插翅难逃。即使这样，他们还设置了三层防护墙，锁了三道门，还使用毕莫大人的法术封印了监牢。

这么多关卡，小霾怎么逃跑了？

关塔纳魔湾监狱即使在大海上，也未能躲过沙尘暴的袭击。

不过，小川和毕莫大人到达的时候，沙尘暴已被海风吹得无影无踪。这里好像另外一个世界，洁白的海鸥贴着蔚蓝的海面掠过，在晴天下翱翔。微风轻拂纳魔湾，水面荡漾着粼粼波光，关塔纳魔湾监狱门口一片平静，守卫面无表情地站着，好像他们根本没有经历沙尘暴。

小川还是没空上厕所，跟着毕莫大人来到关塔纳魔湾监狱，同时跟来的还有阿里木教授。他带着勘察仪器、放大镜之类的，想要弄明白小霾是怎么逃跑的。

典狱长慌忙开门迎接。小川注意到门上并没有任何破坏的痕迹，小霾肯定不是从大门逃跑的。

一行人通过大门，典狱长引领他们进入最严格的特殊监牢，小霾就被关在这里。

特殊监牢四个角落有四座塔楼，站着八个守卫，小霾无论从哪个地方逃跑，他们都尽收眼底。这些守卫都瞪大眼睛看着，小霾是不可能从他们眼皮底下逃跑的。

“首相大人，我的人一刻也没有放松，他们没有发现任何动静，小霾就不见了。”典狱长给毕莫大人解释，他长得高大粗野，看起来凶残无比，却也在毕莫大人前面战战兢兢。

典狱长打开铁锁，小川看见他的手都在发抖。

“首相大人，您看，门锁没有被破坏！”典狱长没有撒谎，三道门锁都完好无损，门也没有被撬动的痕迹。

他们穿过三道门，走进最里面。这是四面都被封得死死的、连窗户都没有的特殊监牢。

监 狱

毕莫大人真冷酷，连个小窗户都不给囚犯留下。

可囚犯还是莫名其妙地消失了，只留下金刚钻缸倒在地板上，除此之外，空无一物。

他们仔细搜寻，想要找到小霾逃跑的痕迹。

大家在电视上看到过狡猾的囚犯挖洞逃跑。况且，霾是个能吃下铁块的小怪物，它绝对有钻洞逃跑的能力。小川查看地面，吓了一跳，森林王国真是下了血本，关押小霾的监狱地面，居然是金刚石。

森林王国知道小霾会挖洞逃跑，早就做了防备，把监牢地面都铺上金刚石，小霾还是不见了，它到底怎么逃跑的呢?

他们在监牢中搜寻了不下十遍，未放过任何蛛丝马迹，没有发现一丝漏洞。

“我们已经查看了不下一百次，首相大人。”典狱长报告，“就连房顶和四面墙壁都看了，没有任何逃跑的通道，只有您脚下那片水的痕迹。”

小川也看到了那片水痕，像是小霾在那儿撒了一泡尿，干了的痕迹。阿里木教授趴在地面正在用鼻子闻，然后他拿着放大镜仔细看，“小霾可能化成水逃跑了。”

毕莫大人、典狱长和小川，都大眼瞪小眼的。

小霾会化成水逃跑?

“当然没有确凿证据。”但是做研究，就要大胆推测，小心求证。阿里木教授给大家解释，“根据痕迹推断，小霾变成水，渗透到金刚石与墙体之间的缝隙，顺着污染的地下水逃走了。”

“监狱里没有污染的地下水!”典狱长澄清。

文雅的阿里木教授看了一眼粗野的典狱长，“你没有细心看，你这里最不缺水——特别是污染的水。”

第六章

完美女孩成了断臂维纳斯

人心真是难以捉摸!

小霾污染了河流，大家都对它恨之入骨，当猎霾战士制服了它，将它带回来的时候，森林王国的孩子看到了小霾，他们也像玛丽塔一样，毫无抵抗地沦陷在小霾可爱的外表里——他们都喜欢上了小霾。

民众似乎完全忘记了小霾还有另外一面，把它当成萌宠疯狂迷恋。就连关押小霾的监狱都成了他们的朝圣地。许多人来到关塔纳魔湾，期望看上小霾一眼。昔日偏僻的监狱，居然因为小霾热闹起来，人来人往的，做生意的商人也拥过来，随着游人越来越多，这里演变成一处旅游胜地。

干净的关塔纳魔湾就出现了污染。

阿里木教授为了让自己的推断更有说服力，就带着一行人查看监狱外围。这里岸边礁石中，堆积着许多空瓶子、快餐盒、塑料袋等，都是游人来玩耍丢弃的垃圾。

“人类留下垃圾，水源污染了，”阿里木教授解释，“小霾化成水从缝隙渗入地下，它顺着污染的地下水钻到海里逃跑了。”

这推测真是脑洞大开。

小川亲眼看到霾化成黑色尘埃，像爆炸烟花的灰尘，“霾既然能化为尘埃，说明它是不带水的，不可能再变成水吧?”小川有些疑问。

大家纷纷点头附和他。对于教授推测出的逃跑方式，大家都不相信。

毕莫大人可没有耐心听他们胡乱猜测，他要阿里木教授留下慢慢研究，他要去抓捕小霾。

小川也要回去，他担心越狱的小霾会去找玛丽塔。

他们刚刚走出监狱大门，就看见夏嬷嬷哭着过来，“阿里木，你快点回去吧！玛丽塔恐怕度不过危险期，快要死了！”

手术室内是慌张抢救的场面。

毕莫大人、阿里木教授跑进来。小川也趁机跟入，看到玛丽塔整条胳膊已经长满了绿毛。她正在输液，可是药物似乎也不能阻挡霾病毒的蔓延。

病毒怎么又快速蔓延了?

“这是意外，”老医生解释，“沙尘暴导致空气污染，不良空气会导致霾病毒快速蔓延，如果病毒侵入心脏，她就会停止呼吸。”

老医生建议截掉胳膊，或许能阻止毒素蔓延。

阿里木教授马上拒绝，他不想女儿成为残疾。

“能不能再想想别的办法？”小川同样很心疼，玛丽塔那么完美的女孩，如果少了一只胳膊，她醒来该是多么难受啊！

老医生也知道，截掉胳膊不是最完美的方案。他有个未经验证的治疗方案，如果首相大人把玛丽塔转移到空气优良的地方，也许比截掉胳膊更有效果。

“没有空气好的地方了！”毕莫大人摇摇头，他正为沙尘暴发愁。就在刚刚，国王塞给他一堆报告，都是各地发来的求助。森林王国无一幸免都遭到了不同程度的沙尘暴袭击。

玛丽塔胳膊上的病毒比之前感染得更快了，正不停地在刺啦刺啦蔓延，好好的胳膊上，正长出茸茸绿毛，就快蔓延到肩膀了。

“不截掉，两个小时就能蔓延到心脏。玛丽塔就会停止呼吸。截掉，或许能多活两个星期，在不再感染的情况下。”老医生依然不保证截肢就安全。

没有更好的选择——是让玛丽塔马上死，还是两个星期之后再死。阿里木教授选择了后者。两个星期，也许能找到救她的方法。

老医生拿起手术电锯，两位护士给玛丽塔的胳膊消毒，另外一位护士请他们出去。小川脚步沉重无奈地往外走，电锯的声音，让他的心剧烈疼痛。

小川无奈地走到手术室的门口，突然被一阵强风吹了回来。他还没有弄明白是哪儿来的强风，就看见小霾蹿出来，它一跃而起，飞越过人们的头顶，跳到玛丽塔病床上，拦住手术电锯——可怕的事情发生了，那明晃晃的钢锯在它手里，就像掉进了火山岩浆中，快速瘫软熔化，连接电源的线头闪了两下火花就灰飞烟灭了。

老医生吓得松开了手，病床上的情况更加残忍。玛丽塔的胳膊正在手术中，被锯掉了一半，因为停止了手术，伤口开始渗出鲜血。

小霾过来保护玛丽塔，它看到了伤口，抱着快要锯掉的胳膊，哇哇大哭起来，滚滚泪珠像下雨一样，滴落在胳膊断裂处。

小川恨不得一把抓起它，扔到窗外，可却不能碰，它全身都是霾病毒，小川只能好声相劝："小霾，你快放手！"

这个小怪物长得像可爱的狸猫，也有着善良的心地，它不能理解手术的含义，只看到玛丽塔受伤了，它就抱着胳膊大哭起来，却不知道自己有着恶魔般的身体，就是它把霾病毒传染给了玛丽塔。

现在，它却旁若无人地抱着玛丽塔的胳膊哭泣，好像那个伤口在它身上。

它知道玛丽塔在疼，更多的是它心在疼。

"小霾，你听好了，马上离开。"小川发过誓，不准小霾靠近玛丽塔。可现在这个怪物正紧紧拉着玛丽塔的手，他却不能

去打，还要耐着性子去商量。他不敢惹它生气。因为小霾一旦生气，就会化成黑暗死神般的怪兽，让人陷入绝望的情绪中，不能自已。

“玛丽塔不让你靠近她，那会生病的！”小川耐着性子劝道，“快点离开。”

小霾看看玛丽塔，又看看着急的小川，似乎明白了，它慢慢松开了玛丽塔的手，一步一步后退。

老医生松了一口气，站起来，可是小霾又护住玛丽塔的伤口。

在小霾看来，拿着刀子砍掉玛丽塔的胳膊，就是伤害玛丽塔。它根本不明白，医生拿刀子和歹徒拿刀子的区别。它紧紧护着玛丽塔不肯离开。

血汩汩地流出来，如果再耽误时间，玛丽塔就会因失血过多死亡，它的关爱就等于亲手杀了玛丽塔。

老医生紧张地看了小川一眼。

小川当然明白，多一秒钟，玛丽塔就距离死亡更近一步，“小霾，玛丽塔生病了，我们在救治，救治，你懂吗？”小川几乎要吼出来，“你快离开，让他们止血。”

小霾摇摇头，它看不到血一直在流淌。

教授走上前，“小霾，我来，你看，”教授伸开手，“我没有刀。”

小霾大概也知道阿里木不会伤害玛丽塔，后退一步让开。

触目惊心的伤口让教授头上直冒冷汗，不能再耽搁了。

“小霾，”小川强装出笑容，“他们要给玛丽塔缝合上胳膊，我们离开，不能打扰他们哦！”他必须把小霾带出去走远，绝不能让它看见手术刀——它在，医生无法做手术。

小霾磨磨蹭蹭不想离开，小川哄着它出去。

“我们去外面吧，给玛丽塔采摘一束花，”小川笑着，“等她醒过来，看到花儿，肯定会很开心的。”

小霾仰头看着小川，它似乎预感到什么，就是不肯挪动脚步。

“你放心，爸爸在，他肯定会保护自己的女儿。”小川装作轻松的样子。

小霾总算愿意离开了，小川不敢走快，慢慢地带着它往外走。就这样磨磨蹭蹭走出手术室，走了一段距离。小川听见电锯声再度响起，他知道手术又重新开始了。

小霾似乎也听到了，它停下脚步，想要回去。小川拦住，但小霾像老鼠一样，刺溜一下从他脚边钻过去，冲进了手术室。

“小霾，你回来！”小川追进手术室。

老医生的手术电锯正在切割胳膊。

小霾飞扑过来抢夺电锯，同时追赶进来的毕莫大人挥起权杖，小川看到权杖变成了一把明晃晃的刀，他以为会砍小霾，却砍向了玛丽塔，“不！”小川冲过去，老医生一把拽住了他。

等他回过头时，美丽女孩已经像维纳斯雕像——断了胳膊。

毕莫大人看到小霾一再打扰，手术进行不下去了，再耽搁就要出人命，他一气之下出手砍断了玛丽塔的胳膊。

看到玛丽塔失去一条胳膊，小霾生气了，“呜呜”的低吼响起来。小霾开始膨胀变大，怒火燃烧的双目紧紧盯着毕莫大人。

手术室里瞬间变得冰冷，一股绝望气息袭来。小霾要发脾气了，那种恐怖的气息正常人都受不了，玛丽塔可能会因此毙命。

小川咬牙强迫自己爬起来，他要把玛丽塔转移出去。

老医生正双手颤抖地包扎玛丽塔的伤口。小川一把夺过药物和绷带，捂在伤口上，抱起玛丽塔，拉着老医生就往外跑。

慌乱中踩到一个掉在地面上的手术盘，小霾听到了手术器械的叮当声，看过来。小川与霾面对面，立刻就受不了它的气焰——一股绝望的气息袭上心头，他站不住了。

紧急关头，毕莫大人用权杖挑起那只断臂，扔到窗外。小霾追赶出去，它身体膨胀得像野兽，冲击力十分巨大，轰隆一声，墙壁被冲塌了。

手术室塌陷了，扬起漫天灰尘。

第七章

水玲珑的真面目

汽车开着雾灯，在沙尘暴中艰难地行驶。

车内，玛丽塔脸色跟死人无异，苍白得没有一点血色，脉搏微弱得几乎找不到。她生命垂危，老医生和小川正带着她离开森林王国。

玛丽塔感染的霾病毒，与一般病毒不同。遇到雾霾、沙尘暴天气，霾病毒就会进一步恶化。如果在山清水秀，空气负氧离子很高的环境中，霾病毒就没有生长环境，它只是潜伏着，不会复发。

这是老医生研究发现的。因此，他们急匆匆离开，想要寻找一个好环境让玛丽塔养伤。但沙尘暴似乎无边无际，他们坐车走了一天，还是没能走出沙尘暴的地盘。

幸亏逃出来的时候，老医生顺手拿出一个医疗箱。

那次出逃太惊险了，现在想起来还心有余悸。他们差点儿被砸死在里面。不过，小川还是抱着玛丽塔拉着老医生，在房子倒塌的前一秒跑了出来。

路途上，老医生给玛丽塔重新包扎，还打了消炎针，但病情不容乐观。小川望了望外面，周围还是被沙尘暴笼罩着，哪里会有空气好的地方呢?

小川想起关塔纳魔湾的海面上，沙尘暴已经消失，便和老医生商量，能不能走水路。

老医生一听眼睛都亮了，“对呀，水路，我怎么没有想到海上呢?”

他们弃车登船。海上果然比陆地空气好了很多。老医生突然想起一个地方，那里堪称世外桃源，一直无人居住。前不久搬去了许多病人，他们居住在那里，病情都慢慢好转了。

老医生决定，把玛丽塔送去荔波湾疗伤。

小川也希望走得越远越好，带着玛丽塔去隐蔽的地方，霾都找不到，那就最好了!

他们搭乘的小渔船是租借来的，本来是捕鱼船，但情况紧急，老医生就租来运送玛丽塔。船上到处都是鱼腥味，但好在船东开的速度挺快。

他们在海上航行了三天，就来到一个大峡谷，海水好像把群山冲开了一道大口子。他们穿过峡谷口，航行到群峰之中。再往里面，小渔船就进入了淡水区域，两面是高耸的山，置身其中，呼吸都顺畅了许多。

老医生说得没错，这儿真像世外桃源，喀斯特地貌的悠长峡谷里，有原始森林、奇峰溶洞。渔船溯流向上，小川看见两岸峭壁耸立、危崖层叠，绝壁上附着朵朵钟乳、层层翠林，宛若一幅色彩斑斓的油画。

行驶了一段水路，小渔船就停靠在一座七孔桥边。

那桥令人惊叹不已，矗立于花草树木丛中，碧绿河水映衬着上面的桥身，桥倒映在水中，看起来像七个圆圆的孔，很是特别。

付过租借的费用，船东就开着小渔船走了。他们在此上岸，休息了半个多小时，就看见一个印第安酋长模样的本地土著人过来。小川发现那土著人断了条腿，走路一瘸一拐的。

老医生用土著语言和他打招呼。

小川偷偷打量那本地土著。他强壮黝黑，四十多岁的样子，头上插着羽毛，脸颊上画着六道白色的印记，赤裸着上身，下面穿着动物皮裙，脖子上挂着牙齿项链。

“这是溪流酋长。”老医生和那土著人讲完，就告诉小川，他愿意提供住处。

溪流酋长热情地领着他们往山里走。小川跟着他徒步走了大半天，来到一处民宿。

民宿是木头房子，两层五个房间，很宽敞，周围溪水潺潺，大树参天，环境优美。

溪流酋长就让他们住在这里。老医生道谢，并托酋长帮忙买点东西，酋长答应着离开了。

老医生顾不得休息，赶紧给玛丽塔检查伤口。他觉得沙尘暴中有无数病毒，搞不好就会导致感染。他打开包扎，却发现断臂上的霾病毒奇迹般消失了，他明明看到长出了一点霾病毒，怎么会突然不见了呢？他反复检查。

“我看见小霾哭，眼泪滴在上面。”小川告诉他。

老医生戴上花镜查看，“难道霾的眼泪能治愈病毒？”

小川虽然不懂，但霾病毒消失了，总是一件令人开心的事情。老医生给玛丽塔换了药，连连感叹着不可思议。

他们吃了一顿丰盛的晚餐，美美地泡了澡，躺在床上休息。这个地方很偏僻，瞧溪流酋长一副土著人打扮，就知道此地与世隔绝，小霾肯定找不到这么隐蔽的地方。总算安稳下来，小川终于可以好好地上个厕所，舒服地睡觉了。

第二天，小川来到外面，发现他们居住的房子旁边，就是响水河。

河水上下落差有四十米，形成了飞瀑如练的美景。沿河漫步，满目飞泉，满耳潺潺流水声，让人心醉神迷。

小川顺着河流往里走，发现流水汇聚成一个小湖。树叶和花朵映衬在湖面上，让湖水看起来五彩斑斓，真是个像凤凰羽毛一样美丽的地方。

再往里面走，就是毗邻的勐巴拉热带雨林了。那里看起来人迹罕至，大树盘根错节，多种飞禽栖息其间，五颜六色的奇花异卉俯拾即是。

小川采了一大把芳香的野花，带给玛丽塔。

老医生给玛丽塔换了药，伤口没有发炎，没有红肿，愈合得很好。因此他对这里的环境非常满意。他换好了药，安排小川照顾玛丽塔，他要去采草药，这里的空气良好，草药更好。

老医生要出门的时候，溪流酋长过来了，他带来了老医生托他买的食物和药品。

老医生接过来，说了一些感谢的话。

“不用谢，我也有一件事想请你们帮忙。”溪流酋长笑着说。

“我们一定竭尽全力！”老医生保证。

“你们是大城市来的，有见识，”溪流酋长很憨厚的样子，“我有一个宝贝，你们帮我估个价钱，到底能卖多少钱。”

他说着就在口袋里摸索，掏了半天，就拿出一个东西，递到老医生面前。老医生一下就把凳子坐歪了，摔倒在地上。

小川看到那个东西，腾的一下站起来，“这个——你这个金徽章，是哪里来的？”他激动得声音都发抖了。这个正是玛丽塔失踪的金徽章，上面有十八颗钻石，还有绿宝石镶嵌而成的森林王国的标志——绿树。宝石绿树下面一排小字明确地写着：猎霾战士！

小川伸手就夺，溪流酋长一下捂在怀里，“我就知道价值不菲！”他开心道，“看看这个孩子都忍不住伸手想要。”

老医生爬起来，瞪了小川一眼，示意他不要冲动。

小川眼睛中冒出怒火，他怎会不冲动？偷走金徽章的人，还企图杀害玛丽塔。医生拍拍他的肩膀，把他拉在身后，“这个金徽章值不少钱啊！”老医生装出轻松聊天的样子。

溪流酋长开心道：“看来找你们对了。”

“当然，”老医生马上接上话，免得小川乱说，他要慢慢问，“这东西从哪里来的？”

“这个不能告诉你！”溪流酋长有些狡猾。

老医生说：“我可以找人帮你卖个好价钱。”

溪流酋长喜笑颜开，“正合我意，到时候还可以分给你一点。”

小川简直气炸了，老医生和酋长像拉家常一样不紧不慢地聊着，还说要给回扣。

“不用酬谢的，”老医生装出好奇的样子，“只要告诉我，从哪里弄来的。”

溪流酋长看了小川一眼，意思让他远离，可是小川没有动，溪流酋长就靠近医生的耳朵，嘀咕了一句。

“黑道？”老医生知道小川想听，故意大声反问。

溪流酋长点点头，呵呵地笑起来，“你不能再问是谁偷的了，不然我都怀疑你是警察了。”

老医生也笑起来，“呵呵，我也不像警察嘛！”

“所以我才告诉你的。”溪流酋长拍着他的肩膀，“我把你当成朋友，你可不能背叛我。”

“你去过紫荆花城吗？”小川突然问。

溪流酋长摇摇头，说除了大山和大海，他没有去过人类的城市。

“你们这里谁去过?”小川追问。

溪流酋长警惕起来，他正准备说话，院子的门砰的一声被推开，一个女孩慌慌张张闯进来，“酋长，酋长，你不能乱说——”

那个女孩突然发现了小川和老医生，大吃一惊，碧绿的眼睛闪露出惊恐的光芒。

小川的惊讶不亚于她，“水玲珑！你怎么在这儿?”

水玲珑很惊慌，没有和小川打招呼，就跑到溪流酋长面前，“你拿给他们看了吗?”她紧张地问。

“他们是朋友，不会出卖我们的!”溪流酋长安慰水玲珑。

“你给他们看了是不是?”水玲珑急得声音都变尖锐了。

溪流酋长开心地点点头，“他们还说值不少钱呢。”

水玲珑觉得天都要塌了，她想要瞒住。溪流酋长已经把金徽章拿给小川看了，他们肯定知道了，水玲珑想。

她羞愧难当，双手捂着脸痛苦地摇了摇头，然后她抹了一把脸，决定面对小川，“你知道了，金徽章是我偷的，”水玲珑声音冰冷，“割断氧气管，拔掉针头，也是我做的。”

第八章

丛林小贼猴

水玲珑直截了当地承认，是她杀死了玛丽塔。

老医生听后站不住了，坐倒在凳子上。小川也毫无思想准备，他想破脑袋也想不到是水玲珑。

她是猎霾战士，她也有徽章！小川不相信，“为什么？”

“还用问吗？金徽章更值钱。”水玲珑脸上带着一股嘲讽，似乎在嘲笑小川笨蛋，连这个都不知道。

“只是贪钱？”小川忍不住吼道，“为什么割断氧气管，为什么要杀她？”

他内心希望水玲珑跟他一样，愤怒地反驳：我没有杀她，是别人干的！那样他会好受一点。

没想到，水玲珑居然咯咯地笑起来，“割断氧气管，自然是希望她死掉喽！”

此时，溪流酋长已经明白，水玲珑偷的居然就是他们的金徽章，他慌忙抓紧金徽章，站回水玲珑身旁。

小川脑子又不转了，他怎么也想不明白，水玲珑为什么要杀玛丽塔，她们两个无冤无仇的。

记得，第一次遇见水玲珑，她就主动要求加入猎霾战队。那个时候，玛丽塔还在监牢里，她们互不相识。

第二次见面，便是在关塔纳魔湾——捉拿小霾的现场，打斗激烈，玛丽塔和水玲珑在同一个团队，一起制服了雾小霾。

如果说有接触，就是在封印的时候，玛丽塔带着伤过来看望小霾，那个时候，水玲珑在场，并且劝说玛丽塔注意安全，不要接近小霾。

当时，她还关心玛丽塔，怎么就要杀了她呢？

“不用回想，”水玲珑冰冷道，“我们的冤仇你没有看到！”

小川突然想起半夜看见的黑影，“这么说，那天半夜，猴欢喜树下的黑影是你？”

“当然是我！”水玲珑大方承认，森林王国再也没有谁比她更恨玛丽塔。

当晚，她割断氧气管并拔掉针头，确定玛丽塔已经没有呼吸才离开。水玲珑往病床上瞅了瞅，很遗憾地道：“她怎么还没有死掉？”

“没有如你所愿！”小川生气道。

水玲珑百思不得其解，小川怎么突然就醒了呢？她给他们喝的饮料里都放了瞌睡药。

但玛丽塔命不该绝，小川因为做噩梦突然醒了，“老天不会让坏人得逞的。”小川生气道。

水玲珑咯咯地笑起来，“老天注定让她死，你把她带到我家乡来，这是更好的机会。”

“只要有我在，你休想碰她一个手指头。”小川吼道，如果不是老医生拉着，他一定会跟水玲珑拼命。小川气疯了，但凡有一点儿良心，都不会去杀害一个手无寸铁的、昏迷中的植物人，而且这个人还是森林王国的环保英雄。

“那就最好寸步不离地看着她，别给我一点儿机会，”水玲珑的眼睛里露出凶残的狼意，“如果让我抓到机会，我定将她千刀万剐，我要把她的心挖出来喂狗！”

水玲珑一把夺过溪流酋长手里的金徽章，举起来对小川愤怒道：“你用它把一个十恶不赦的逃犯变成了令人敬仰的英雄，你混淆黑白颠倒是非，你让这个世界没有正义可言！”

小川迷糊了，水玲珑在说什么？他怎么会颠倒黑白，混淆是非？他才是维护公平正义的那个人。

但水玲珑说到情绪激动处，几乎都哭了，玛丽塔是个杀人恶魔，小川还把她捧在手心里，还给她举办恶心的庆祝会。水玲珑恨不得扔一颗炸弹，把他们全部炸死。

尽管自己没有杀死玛丽塔，但老天不会放过玛丽塔这个恶魔，又把她送上门来。

水玲珑发誓，一定要杀死玛丽塔。

她掏出碧绿短刀，冲向玛丽塔所在的房间。

小川、老医生和溪流酋长同时跳起来拦住她。

“孩子，你可以好好说吗？不要冲动！”老医生劝道。

“想要说服我吗？你省省力气吧！”水玲珑鄙夷道，她可不是玛丽塔，她光活着就已经竭尽全力了，那些做人的大道理她不需要知道。

但溪流酋长也在劝她，水玲珑知道今天杀不了玛丽塔，他们都拦着。

不过，玛丽塔就住在荔波湾。她有的是机会。水玲珑想到这里，拿着金徽章扬长而去。

在小川看来，水玲珑十分嚣张，不听任何劝告，更没有道理可讲，竟然拿着金徽章走了。他想要追出去，老医生劝他不要轻举妄动。强龙不压地头蛇。他们刚刚过来，还不熟悉这里的情况。

水玲珑走后，溪流酋长把责任撇得一干二净，“她给我的，又拿走了。”溪流酋长两手一摊，“我什么都不知道，我可以走了吗？”

“带我去水玲珑家。”小川要求。

“这个不行！”溪流酋长马上拒绝，“那姑娘我可惹不起，将来你们走了，我和她同村，低头不见抬头见的，她要报复我怎么办？”

“同村？”小川抓住关键词，“好，我把荔波湾翻个底朝天也要找她出来。”

“你自己可以去找，”溪流酋长不以为然，“要是能抓住她，你就出名了。”

“出名?”

“她是有名的小贼猴，飞檐走壁，穿越丛林，没人能抓住她！不信，你可以试试。”溪流酋长一点儿也不担心，若无其事地走了。

荔波小七孔是森林王国的旅游区。荔波湾景色更美，只因在深山中，交通不便无法开发。但还是有拍摄风景的团队和冒险的游人徒步进来。

小川出来寻找水玲珑。他转悠半天，没有看见任何村庄，只遇到几个探险的游客。小川向他们打听土著人村庄。那些探险者告诉他，土著人都很害羞，他们不愿意看见人，住在更深的山里。

小川按照探险者的指点，朝着大山深处走去。突然听见一个声音大喊：“打劫了，打劫了！”

两个探险者正在溪流边叫喊，山里的野猴子抢走了其中一个探险者的背包。

小川觉得这里的猴子很没有素质，森林王国的猴子只偷果实，从来不抢东西。

探险者追赶猴子。

猴子逃跑得很快，从一个枝头跃上另一个枝头，比猫儿都要伶俐，朝着小川这边过来。小川决定做好事拦住这个小贼猴。

猴子正逃跑，忽然看见前面有人拦住，慌忙调转方向。小川追赶，这只猴子逃跑很有经验，它的身影在树丛中闪了几闪，就逃得无影无踪。

小川追赶半天也跟丢了，就靠在一棵大树上喘气，寻思着要不要回去。不见探险者的踪影，估计他们看追不上就放弃了，他也不追了吧？

小川站起来往回走，却突然看见远处一棵大树后面，那个小贼猴正在脱皮。

猴子把皮脱下来，小川看清是一个像猴子般瘦小麻利的女孩儿。

女孩转过头来，小川大吃一惊——那正是水玲珑。

第九章

神眼是看不见的

这位银徽章猎霾战士，居然穿着一张猴子皮，伪装成丛林动物打劫游客。

水玲珑扔下猴子皮，打开游客背包，把身份证各种卡都扔掉，从背包里掏出禄币都塞进自己口袋。

这种花花绿绿的禄币是森林王国的钱币，水玲珑把别人的钱币据为己有。小川实在看不下去了，跳出来阻止。

水玲珑吓了一跳，慌忙转过身子，看见是小川，她冷哼了一声，继续翻包。“怎么，我做事要你管?”

“你是猎霾战士，”小川劝道，“战士是不会偷东西的。”

“屁咧!”水玲珑啐了一口唾沫，“不要给我戴高帽，我不配你们文明人那些头衔，我是贼，你还不走，等着我打劫吗?”

“水玲珑，你不是这样的人，你不是!”小川说。

“你了解我多少?”水玲珑鄙夷道，她去抓小霾，并不是为了那些虚伪的头衔，她只想报仇。

小川想起荔波小七孔那些人，也许水玲珑的家人因此生病了，“小霾做了坏事，也许伤害了你！你没有必要惩罚自己去做贼。”

“我惩罚自己？”水玲珑笑起来，“我一直都是贼！”

“别开玩笑了，水玲珑！”

水玲珑却不是开玩笑的，她被这男孩烦死了。她拿起藏在树后的弓箭。小川一直不走，不如连他一起打劫了，“把钱拿出来！”水玲珑举起弓箭邪恶地笑道。

小川被她的行为惊呆了，站着没有动。水玲珑手一松，箭就从小川耳边呼啸而过，插进身后的树干上。如果她要射他脑门，他就会死在这里，她故意把手偏了一点，算给他一个警告，“把钱包掏出来！”水玲珑最后一次威胁道。

小川紧张起来，老实交代，自己没有带钱！他带着玛丽塔逃命过来的，她差点儿被沙尘暴害死。

水玲珑不相信，示意他举起手，对他进行搜身。

小川尴尬地举着双手，任由她在身上乱摸。这姑娘只想着搜到钱包，完全没有注意到小川尴尬的表情，“你不要这样摸我，都说了没钱，我们好好谈谈！”

“如果你站在玛丽塔那边，我们就没什么好说的。”水玲珑发现他真没有钱，停止了搜身。

小川松了一口气，“玛丽塔是我的救命恩人！”

“你绝不许我杀她，那我们两个就是仇人了！”话不投机半句多！水玲珑拎起游客的背包，头也不回地离开了。

小川试图追赶，可是这姑娘走路太快了，一会儿就不见了踪影。小川找不到她，只得返回居住的地方。

民宿门口竟然卧着一条大狼！这让他怎么回家呀？

他试图靠近，狼猛然蹿起，凶狠地汪汪叫。溪流酋长一瘸一拐地跑出来喝住狼，“这是我家的小乖乖！”

小乖乖看起来一点儿都不乖。它有半人多高，威猛无比，龇牙咧嘴朝着小川扑过来，如果不是溪流酋长拉着，小川怀疑它能挣脱铁链子。

“这狼——”

“是狼狗！”溪流酋长说着拍了拍狗脑袋，“小乖乖，坐下来！”那条大狼狗流着口水，乖乖地趴在他脚边，“以后看见他不能吵，是朋友。”

那大狼狗居然抬起了前爪。“跟你握手！”溪流酋长笑眯眯解释。

小川一点儿也不想靠近它，但又不好意思，伸手轻触了一下狼狗的前爪。狼狗用舌头舔了一下小川的手，然后就像个小猫咪一样，蹭他的腿。

呵呵，还真乖！

“老医生叫我看好玛丽塔，因此我让小乖乖来帮忙。有人过来，它会给你们提醒。”溪流酋长解释大狼狗拴在门口的原因。

小川很满意大狼狗。

他走进屋子，看到老医生正给玛丽塔换药。空气清新利于病情，玛丽塔断胳膊的伤口快要愈合了，脸色也变得红润起来。

小川把溪流酋长拉过来，跟他讲了水玲珑打劫游客的事情。

“她一直都是小偷!”溪流酋长平静道。

“作为酋长，你怎么不管?”小川感到奇怪。

“我当然管，就是抓不住她呀!”溪流酋长无奈道，“能有什么办法!”

“你任由她胡作非为?”小川毫不客气地指责。

“唉!”溪流酋长叹了一口气，“水玲珑一家都那样了!”

“都哪样了?”老医生关切地问。

溪流酋长只是叹气，摇摇头也不愿意多说，找个借口就走了。

老医生担心玛丽塔的安危，就给毕莫大人写信，让他派守卫过来。小川干脆就把睡铺搬在病床边上，防止水玲珑深夜偷袭。

晚上，水玲珑没有来。小川决定主动出击，时时刻刻担心她偷袭，不如主动出击抓住她。

他又出去寻找水玲珑。

深山中的风景相当美丽，还有许多色彩艳丽的野雉栖息在草丛中。一位男游客端着相机在拍摄野雉，小川正准备过去和他搭话问路，突然看见水玲珑闪了出来。

她今天穿了一件松垮垮的男性T恤，估计是昨天抢劫游客的，一点儿也不合身。她拉下T恤领口，露出一侧肩膀，又抓了抓头发，碧绿的眼睛中流露出一种令人心动的纯洁，装出可爱的样子，故意扭着屁股朝着那位游客走去。

水玲珑要做什么?

游客正对着野雉拍摄，突然发现水玲珑闯进镜头内。那位男游客放下相机，看到水玲珑露出的瘦骨嶙峋的肩膀。

“是不是很冷?”那位男游客问。

水玲珑碧绿的大眼睛眨了眨，然后点点头，做出发抖的样子。那位游客放下相机，打开背包，“山里温差大，我特地准备了两件外套，这一件借给你。”

那位好心的游客把自己的外套递给水玲珑，“先穿上吧，不要感冒了!”

水玲珑发抖着走到他跟前，没有伸手接，而是飞起一脚，踢到男游客的裆部。

那位游客痛苦地蹲下来，水玲珑一把就抓起他的背包和相机逃跑了。

真是没有良心啊!小川看不过去了，“水玲珑!”他大喊，

水玲珑正逃跑，听到有人喊她名字，回头瞅了一眼，结果被绊倒在地上。她狠狠地骂了一声，爬起来接着跑。

小川发怒了，这次不能再让她逃走，他追了过去。

大概背包和相机太沉重，水玲珑在丛林里跑了一个小时，还是没能甩掉小川。她停下来，气喘吁吁地骂小川耽误她工作。

“抢劫游客，就是你的工作?”小川真是生气。

“是啊，我天天都这么做。”水玲珑毫无廉耻地承认了，她认为城里人有钱，吃饱了没事干，扛着名贵相机过来拍鸟，让他们出点血也是应该的。

“这样打劫，你知道等待你的是什么吗?”小川说，“警察会来抓你的，你将在监牢中度过一辈子。”

水玲珑笑起来，“还没有见过能抓住我的人呢。”

“你知道吗?爱新政德愿意赞助一半家产，让爱新爵萝进入猎霾战队，首相大人都没有同意。猎霾战士是一份荣耀，你不该做小偷，侮辱战士的荣耀。”

“说够了吗?”水玲珑不耐烦道，他们都是高贵人物，有远大理想，她光活着就竭尽全力了，小川还给她讲荣耀?

“人要有羞耻之心!”

唉，鸡同鸭讲，小川不明白的!水玲珑烦躁道：“你想怎么样，报警吗?”

“我——”小川一时间真没有想到如何处置，“我不想让警察抓你!你跟我回猎霾战队!”

这一次，水玲珑没有马上反驳，她眼睛有点红了，慌忙转过身背对着小川。过了好一会儿才说：“你不要再耽误我挣钱!”她声音有点异样，说完就跑进丛林里。

小川想不通她为什么突然就哭了，愣了一会儿，也没有想明白。唉!女孩子的心思太难懂。

这是荔波镇，小镇后山上有一座庙。庙里有一座高高耸立的荔波女神像，她的额头上镶嵌着一颗发光的夜明珠，在夕阳下熠熠生辉。

现在已经是日落时分，朝拜的人们陆陆续续都下山了，水玲珑却跑进庙中。

看看周围没有人，就把一个铁钩甩到神像的肩膀上，用力拉了拉，很牢固，她就开始往上爬。

“你做什么，水玲珑！”追赶过来的小川问。

这还用问，一看就知道是偷夜明珠！水玲珑一副讽刺的口气，“你一直跟着我做什么，难道想跟我分赃吗？”

水玲珑说着已经爬到神像头部。她抬腿就骑在神像脖子上，抱着脑袋，开始用刀子剜神像脑门上的夜明珠。

“你这么做是要遭天谴的，”小川劝道，这个女孩连神像的夜明珠都要偷，“神像是心灵的寄托，保护一方百姓平安。”

保佑一方百姓平安？水玲珑听见这句话，冷笑了。神瞎眼了，神看不见我们的村子，看不见我们的苦难。水玲珑想到这里，恨从心头起，一刀就插进了神像的眼珠子上，碎石头哗哗掉下来。

水玲珑居然剜掉了神像的眼珠子，然后又是一刀扎进了神像的脑门上，又开始剜神像脑门上的夜明珠。

小川阻止不住，生气道：“你这样做大逆不道，你会遭天打雷劈的。”

水玲珑举起到手的夜明珠，一只脚踩在荔波女神的头上，哈哈大笑，“让雷来劈我呀！我做了坏事，该遭天打雷劈，来呀，劈我呀！”

天空没有动静，夜幕中刚刚上场的星星依然眨着眼睛。诸神果然没有看到水玲珑在做坏事。她像个猴子一样，从十多米的神像上，一跃而下，毫发无损地站起来。

“神瞎了，看不见我做坏事！”水玲珑举着夜明珠，碧绿的眼睛流露出憎恨。

“我看见你做坏事了！”小川说。

“你看见有什么用？”水玲珑质问，“你能像神一样惩罚我吗？”

小川无语了！确实，他看见了，但能起什么作用呢？他能像神一样惩罚她？或者帮助她？

第十章

无药可救的一家人

小川好像来到了原始人部落。

这里房子是用芭蕉叶盖成的草屋，有序地排列在一起围成一个圆圈。

满脸皱纹的瘦小老奶奶，她的绿眼睛已经有些混浊，脸上画着花纹，穿着枯黄的草裙，上身披着一件动物的皮。她看起来很老了，却在照顾着一个年轻人。

那年轻人脸上画着蜘蛛网般的青色线条，他卧病在床，绿眼睛无神，皮肤蜡黄，看起来快要死了。

这个家庭唯一有活力的就是那个三岁小男孩，他没有穿衣服，就用红布随便地裹在身上，正在院子里玩泥巴。小川看到他是黑中透绿的墨翠眼睛，脸上也画着花纹，但额头上生着一个爱心形状的胎记，在额头正中，蛮好看的。

小川追踪水玲珑来到大山中。这里森林密布，群山环绕，自然环境相当好！但目光所及之处，没有一件现代的东西，好像原始人部落。

小川躲在草屋后面，从窗户偷看。

水玲珑进来，放下盗窃的夜明珠，转身去了厨房。小川踮起脚尖朝屋子里扫视一圈，里面没有现代的东西：他们的凳子是草编织的蒲团，桌子就是树墩，吃饭的碗是椰子壳，喝茶的杯子是竹筒。几个树条编织的篮筐。水玲珑家所有东西都来自大自然的馈赠，不是工业制造。

小川正在看，水玲珑端着一个椰子壳的碗进来，走到男子前面，要他坐起来吃药。

脸色蜡黄的男子一下打掉椰壳碗，“浪费，你这是浪费！”他生气地骂道。

“你想怎么样？”水玲珑也生气了，跳起来叉着腰吼道。

脸色蜡黄的男人笑起来，比哭还难看，“我就想和她一起死，她活到了八十岁，还不该死吗？”

那老奶奶进屋，说道：“我该死，该死！”她弯腰就在篮筐里翻找刀子，未能如愿。她摇摇头空手出去了。

水玲珑蹲下来捡起椰壳碗，“溪澈叔叔，那是你亲妈！”

“我亲妈就该死！”叔叔吼道，“她活着有什么用，如果你孝顺，就应该给我们买老鼠药吃。”

水玲珑不理他，气呼呼地拿起破壳的碗扔到屋子后面，正好扔到了小川脚边。

小川贴在草屋墙壁上不动，看着水玲珑离开。她又进了厨房，端出一个木碗，再次走到病床边。叔叔似乎预感到了危险，挣扎着起来。水玲珑简直就像个疯子，强行按住他。

“这就是老鼠药！”她捏着叔叔的鼻子，强行灌了下去，也不管他是否呛到。

可怜的叔叔不停地咳嗽发抖。水玲珑看也不看，转身走掉了。她走进厨房，扔下了木碗，却看见奶奶拿着一把菜刀出去。

她一把夺过菜刀，咣当一声砍在案板上，愤怒地警告道：“奶奶，如果你再敢动刀，”她指着门外玩泥巴的三岁男孩，“我就杀了水清清——你的宝贝孙子！

扑通一声，老奶奶吓得倒在柴堆上。

当小川把看到的情况给老医生讲了之后，他一点儿也不相信。怎么会有那样的家庭：她叔叔想让她的奶奶——也就是自己的亲生母亲死掉；水玲珑威胁奶奶如果再动刀，她就要杀掉自己的弟弟。

这是什么样的家庭？

大多数普通家庭，都是爸爸妈妈和一个小孩子。而水玲珑的家庭却是，一位白发苍苍的奶奶，在照顾生病卧床的叔叔，还有三岁男孩和水玲珑。这好像是乱七八糟凑合起来的家庭。

溪流酋长提起水玲珑一家就摇头。他们一家确实不像话。

水玲珑小小年纪就是惯偷，她一点儿也不孝顺，强行灌药，还威胁奶奶杀掉她的孙子。

小川断定，水玲珑全家都没有良心，他决定抓住水玲珑，交给首相大人处理。

老医生建议再看看。

小川觉得没有必要了。之前，他还对水玲珑抱有希望，自从看到她的家庭，小川就失望了，对亲人都那么冷酷，难道还指望她对别人好吗？

小川寸步不离地守着玛丽塔，很怕水玲珑突然出现。就这样过了两天，一个村民捎信来，说溪流酋长收到森林王国的回信了，要他们去拿。

这里偏远隐蔽，躲避小霾很好，但与外界通信极其不便，邮差根本不进山，只把整个村子的信件都放在溪流酋长家中，村民各自来取。

小川越过峡谷，去溪流酋长家取信，突然发现了前几天去的地方——水玲珑家。怪不得酋长不说水玲珑家的住址，原来他们是近邻。

小川忍不住拐进水玲珑家。

有爱心胎记的小男孩在院子里玩泥巴。草裙老奶奶在厨房里熬药。溪澈叔叔还是躺在床上，他不能动弹，但耳朵很灵敏，听到了脚步声。

“是涟漪回来了吗？”他在草屋里问。

水玲珑从旁边小草屋里探出头，她捂着肚子，一副痛不欲生的样子。

“你是来抓我的吗？”水玲珑问，她疼得站不起来，趴在一个树墩上，头上冒着汗。

“啊，我打算这么做。”小川说话不经大脑思考。

卑鄙的人类，选择这个时候来。此刻，小川如果抓她，绝对不费吹灰之力。她现在虚弱不堪，肚子疼得生不如死，碧绿的眼睛中那嚣张气焰也不见了，像受重伤不能动弹的弱小动物，那楚楚可怜的碧绿大眼睛中满是痛苦和难受。

“你怎么了？”小川关切道。

“要抓就动手，少在这里假惺惺了。”水玲珑恶狠狠道，说话都疼得喘气。她虽然凶巴巴的，但能看出一个女孩的柔弱。

小川问她要不要去看医生。水玲珑瞪着碧绿的大眼睛看着他。

“啊，我不是不抓你，”小川解释，“等你病好了，我再抓你。”

水玲珑看着小川，心想，这个男孩是智障吗？“等病好了，你就抓不住我了。”

“我不会乘人之危的，”小川傻乎乎道，“你到底哪里不舒服，胃疼吗？”

水玲珑哭笑不得，没看见她正捂着肚子吗？“是肚子，笨蛋。哎呀，好疼！”

小川忍不住就笑起来，“昨天你偷了神像夜明珠，今天就吃坏了肚子，这是报应，哈哈！”

“不是吃坏肚子！”

“那是什么病？”小川担心道，“我背你去医院吧？”

“忍一忍就过了，”水玲珑痛苦道，“你想帮忙，去买包卫生巾就可以了。”

“卫生金”是什么药？小川没有听懂。

“去冷玥诊所，说我用的！”水玲珑碧绿的大眼睛闪烁着，居然有点不好意思。

山里看病太不方便了，小川跑了半天，到荔波镇上才找到唯一的诊所——冷玥诊所。一位中年大妈正在值班，小川告诉她要买“卫生金”，大妈指了指隔壁。

隔壁是一家商店。小川进去，觉得来错了地方。

他告诉店主买“卫生金”，发现店主还是那个中年大妈。

“怎么还是你啊？”小川好奇道。

“这有什么奇怪的，两家店铺都是我的。”中年大妈说，她没有任何疑问，就去拿了。小川很怕中年大妈没有听懂，不见病人就抓药，而且不问一句。

“是水玲珑用的，她是女孩子，大概十六七岁！”小川补充道。

中年大妈拿了一包东西出来，听见小川这么说，她又把东西收了回来，“你有钱吗？”

小川拿出一百禄币，森林王国的钱币称为禄币，中间有大树的标志。

中年大妈收下禄币放进箱子里，不给小川任何东西，“还账了！”

“还什么账？”小川不明白。

“水玲珑欠诊所的医疗费，一共一百万禄币。”

小川看了看这个商店，连旁边诊所加起来也没有一百万吧？“水玲珑买了什么，怎么会欠那么多钱？”小川不解。

“买了命！”中年大妈撇撇嘴，“她爸爸生病，欠了治疗费没有还回来，接着妈妈也感染了，钱也花了，人也死了。”

小川目瞪口呆，他没有想到水玲珑如此命苦，死了父母。

中年大妈继续数落：“她叔叔也得了那种看不好的富贵病，她婶婶看到家里没有希望就跑了，水玲珑只得养活全家。她怎么会有钱买卫生巾？”

小川震惊了，水玲珑竟然养活一家人！

“你是不是有很多钱啊？”中年大妈追问，“多的话替她还了吧，我的店快被水玲珑一家拖垮了。”

小川真没钱了，那一百禄币还是老医生给的，他难过地摇摇头。

一包卫生巾就砸过来，“拿去吧！”中年大妈没好气道，“水玲珑一家都那样了，不想帮忙也得帮啊！”

小川捡起卫生巾，发现同时扔出来的还有一百禄币。

第十一章

自私的赞助者

水玲珑还趴在树墩上等着，她接过小川递来的卫生巾，眼圈又红了，慌忙低头走进草屋。

脸色蜡黄的叔叔扶着墙壁站在门口，瞅了瞅外面。今天天气不错，晴朗有风，让人感觉舒服，他对小川笑了笑，便一步步挪过来。

小川慌忙搬个树墩给他。

叔叔坐下来。小川才发现，他很年轻，大概三十五岁的样子，可病得很厉害。他脸上也不是故意画的线条，而是皮肤苍白，黑色血管清晰可见。小川想起荔波小七孔，许多老年人也是这样的病。

“这是血液感染了魔鬼汁。”他看见小川盯着他的皮肤，便解释道，“不用担心，不会通过空气传染，除非接触血液。”他坦诚道。

小川为他难过。

叔叔看了一眼水玲珑的草屋，紧闭着房门，他就跟小川商量，让小川劝劝水玲珑别逼他吃药。

偏偏这个时候，老奶奶端着一碗药过来，又让他吃。

叔叔还是拒绝，他站起来想走掉。水玲珑出来，她接过碗，熟练地捏起叔叔的鼻子，硬是灌进去，根本不管他是不是呛到了。

小川拍了拍他的背，他喘过气就开始吼道："这不是浪费钱吗？哥哥都死了，明知道这病治不好。"

"我爸死了，你就应该好好活着！"水玲珑把木碗扔进厨房里。

叔叔对小川哭诉，水玲珑把所有刀子都藏起来，怕他自杀。可他是废人，活着是负担，如果水玲珑孝顺，就应该让他死掉。

"要死，也是我先，我已经活到八十岁了，"奶奶说，"我活够了。"

"可是你没有病！"叔叔痛苦道。

两个人又谈到了死。水玲珑生气了，从厨房冲出来对着他们吼道："再说一次，你们寻死，我就杀了他——"水玲珑指着门口玩泥巴的三岁男孩，他做了一个小泥人，拿着跑进屋子里，完全不知道这边在吵架。

"我就杀了你的亲孙子，然后自杀！"水玲珑吼道，"你们都不活，我也不活了。"

奶奶和叔叔都不出声了。

跟那天看到的情形差不多。但是这一次，小川知道了内幕，他理解了。他们争着要死，是因为爱啊！

叔叔觉得自己活着无用，怕拖累水玲珑，因此要寻死。而奶奶活了一辈子，她觉得自己人老没用，死了会减轻水玲珑的负担。他们不想拖累她。

这一家人生活很艰难，但却如此有爱。

奶奶对自己还活着感到惴惴不安，她年纪大了，却还身体健康。而水玲珑的爸妈年纪轻轻却得病死了。这病很恐怖，她想让水玲珑带着弟弟远走高飞，可水玲珑却舍不得丢下他们。

奶奶不死心地劝水玲珑，不要管她和叔叔这两个没有希望的人，像涟漪婶婶那样果断离开。

“涟漪没有走！”叔叔这次不赞同了，“她去借钱，会回来的。”

老奶奶叹了一口气，她想涟漪肯定不会回来了，但没有说破，转身走了。

小川想起买卫生巾的时候，听见店主说过，她婶婶看到家里没有希望就跑了。

这个可怜的男人，还抱有希望。

小川看了看痛苦的叔叔，又看他的儿子——那个三岁男孩，居然把金徽章拿了出来，挂在小泥人脖子上，正自言自语道：姐姐得了金牌，姐姐得了银牌。

小川走过去，一把夺过男孩手里的金徽章，头也不回地走掉了，他看见了真相，他知道怎么做了。

老医生看着青苔皇宫的回信。

毕莫大人得知他们带着玛丽塔安全到了荔波湾很是欣慰。然后又抱歉地表示，森林王国情况不太好，遭到沙尘暴的袭击。逃跑的小霾还未捉住，因此腾不出人手来保护玛丽塔。幸好，有一位赞助者愿意帮忙，他随后就会送来人手和物资，希望他们能一起照顾好玛丽塔。

“逃跑的小霾还没有捉住？”老医生念完信又重复道。

小川紧张起来，他心里暗暗祈祷，小霾千万不要找过来。玛丽塔在这里恢复得很快。如果没有外来打扰，她很快就能醒过来。

“据我所知，小霾对于好环境有一种天然的敏感，就像候鸟天生就知道迁徙路线，小霾天生就知道哪儿有最清澈的水源。”老医生担心道。

“希望荔波湾没有最干净的水源。”小川嘀咕道。

溪流酋长不同意了，他说荔波湾有世界上最干净的水，最美的风景！就像每个人夸自己的家乡，他滔滔不绝。

小川从口袋里掏出金徽章，举到溪流酋长面前，把滔滔不绝的酋长吓得站不住了，倒在地上。小川怎么从水玲珑手里要回了金徽章？

小川把金徽章放在溪流酋长手中，请求他和老医生把徽章卖掉。

溪流酋长和老医生都一脸纳闷，不明白是怎么回事。

小川给他们讲了水玲珑的处境，然后说：“如果金徽章能帮到水玲珑，那就让金徽章发挥应有的作用吧！卖了钱，都给水玲珑。”

溪流酋长从地上爬起来，连连感叹水玲珑遇到好人了。

小川摆摆手让溪流酋长赶快去办。他正烦着那封信呢，信上说，会有一位赞助者过来帮忙。

但愿不是爱新爵萝！小川记得爱新政德说过，愿意赞助所有经费，让他的孙子过来锻炼。他只想锻炼自己的孙子，却不知道对于玛丽塔来说，是性命攸关的大事。

可事与愿违。

第二天，小川便发现一向安静的荔波湾居然热闹起来，响起了隆隆的炮声，不知道发生了什么事情。

他爬到高处往外看，就发现远处海面上，一艘大游船开过来。旗帜飘扬，气氛隆重。这么张扬的船只，希望不是毕莫大人提到的赞助者，小川可不想让别人知道，玛丽塔躲在荔波湾。

可他看见许多人，抬着一箱箱的东西，朝他们居住的民宿过来。

毫无疑问，这肯定是信中提到的赞助者。

一群人停在民宿门口，爱新政德从人群里走出来，自我介绍，他就是赞助者，送人送物资的。

真是怕啥来啥。

爱新政德指着他的孙子做介绍，“爱新爵萝，就是我们送来的帮手，希望他能给你们帮大忙！”

小川看着爱新爵萝，他还是甜美的蜂蜜茶色头发，长相像女孩清秀柔弱，怎么保护玛丽塔？

如果水玲珑来了，一拳就能把他打趴下。他不要帮倒忙就好了！

他身边站着的保镖更合适——高大威猛，胳膊上文着六芒星标志，腰间带着六芒星飞镖，背着两把亚拉克弯刀。低调的黑茶色头发，一双机警的杏仁眼，好像随时都在注意有没有潜伏的危险——他保护玛丽塔更合适。

可爱新政德却想锻炼孙子。小川如实相告，有人要杀玛丽塔，任何保护她的人都有生命危险。

爱新政德脸色凝重下来，他只想孙子来锻炼，可不想孙子送命。于是，他摆摆手，招呼那个背着亚拉克弯刀的小伙子。

“达鲁花赤，你留下！”爱新政德命令道，“和他们一起保护玛丽塔。”

“是，主人！”达鲁花赤听话地站在了爱新爵萝身后。

“达鲁花赤武功高强还老实可靠，你就放心吧！”爱新政德满意道。

“你才比较放心吧！”小川回敬道。

这孩子脑子少根筋吗？干吗都说出来呢？爱新政德哈哈大笑着走了，他看起来很满意，终于给孙子找到了锻炼的地方。

第十二章

来帮忙的惹祸精

爱新爵萝是富家少爷，向来都是仆人照顾他。

他心里根本没有照顾别人的概念。一到民宿，他就精心收拾自己的住处。第二天，整个民宿都变了样。他把所有房间，不，整个院子都装饰一新，弄成了繁复甜美的洛可可风格——凳子桌子都有垫子，都带着花边，每个窗户都是蕾丝窗帘。简直就像女孩子居住的地方。

他搞定之后，就坐在椅子上翘着兰花指，端起一杯茶，“终于搞定了，这样的环境住起来才舒服嘛。”

他打着照顾玛丽塔的旗号，却是来度假的样子。他根本没有服务意识，一点儿也想不起要照看玛丽塔。

小川希望他不要惹是生非，老老实实待在民宿就好。

结果，刚刚忙完装饰房子，爱新爵萝又要出去寻找他的宠物猫。在大船靠岸的时候，那只小猫跳到岸边溜走了。

他拽着沉睡中的达鲁花赤去找猫。昨晚，达鲁花赤和小川轮流照看玛丽塔。他刚刚睡下，“我们是来照看玛丽塔的，不要管那野猫了。”

爱新爵萝生气了，达鲁花赤不喜欢那只猫，他就不想带达鲁花赤出去了。

最基本的礼貌，出门要告知家人，可爱新爵萝一声不吭就独自出去了。直到中午，达鲁花赤起床，才发现爱新爵萝不见了。

他怎么能随随便便一个人去森林？不怕被毒蛇咬伤，不怕遇到狮子老虎？达鲁花赤不放心，出去寻找他。

两人出去了大半天，到了日头偏西也没有回来。老医生有些担心，看了门口好几次。小川虽然生气，还是决定出去寻找他们。

丛林深处，树木简直遮天蔽日，树底下几乎没有可以通行的道路。小川看到有被刀砍断的树枝，大概达鲁花赤走过。

小川披荆斩棘、举步维艰地在丛林走了好久。发现前面有一大片笔直的树木，高耸入云。在树木的半腰，有不知道什么年代搭建成的空中走廊。

爱新爵萝佩带着一把长刀，正在空中走廊欢呼雀跃，看起来没有受到伤害。

“喂，爱新爵萝！”小川远远地大喊。

“小川啊，快点上来，这里好好玩呀！”爱新爵萝兴奋地喊道，步伐轻盈，像个雀跃的少女。

小川爬上空中走廊，这里视野极好，可以俯视整片丛林。爱新爵萝不但没有受伤，就连衣服都没有凌乱。

小川好奇他是怎么过来的。爱新爵萝得意地指着远处，“我雇来的保镖，带我寻找小猫。”

水玲珑背着弓箭，像猴子一样麻利地荡过来。小川松了一口气，对水玲珑点点头。有她在，这富家少爷安全多了。

不过，“你寻找什么猫？”小川不解。

“我看上的一只小萌宠，”爱新爵萝垂下桃花眼，遗憾道，“大船一靠岸，它就跑了。”

这茫茫丛林，怎么能找到一只猫？小川劝他回去，但爱新爵萝已经哇哇大叫着跑开了。他像个没有出过门的小孩，对什么都惊叹不已。现在嚷嚷着让他们看，前面有卖雨伞的。

这个富家少爷真有想象力，在原始丛林，就是人也不多见，怎么可能有卖东西的？小川顺着他的指向看过去。密林之中，确实有一片七彩雨伞。

爱新爵萝蹦跳着跑过去，他们也跟上。

跑过去才发现那是花伞蘑菇，非常大，长在地面上，像一个个撑开的雨伞，看起来赏心悦目。爱新爵萝像个好奇的小孩子，在蘑菇丛中钻来钻去。小川跟在他后面，总是闻到一股臭味。干净有洁癖的爱新爵萝其实一点儿都不讲究，总是放屁。

小川终于受不了，捂着鼻子，一脸嫌弃地问道：“爱新爵萝，你为什么总是放屁？臭死了。”

“我以为是你呢！”爱新爵萝一脸娇羞，他才不会放屁呢，太粗俗了。

水玲珑使劲用鼻子嗅了嗅，猜测是尸体腐烂的味道。爱新爵萝吓得赶紧跑到她身后，四处看，没有任何腐烂的尸体。

而是一片美景，那些像雨伞一样大的七彩蘑菇，像极了童话世界出品的，漂亮无比。这景色只能远观，不可近看。一阵风吹过，美丽绝伦的蘑菇却散发出熏死人的臭味，小川和爱新爵萝都捂起鼻子。

这花伞蘑菇，平时都散发出菌类的清新气息，现在为什么臭了？水玲珑趴在蘑菇上仔细看，蘑菇茎的洁白表皮下，有黑色网状的东西，像极了溪澈叔叔的血管。水玲珑吓得后退一步，难道又是——“污染了？”

小川也看见了那奇怪的黑色网状物，他想肯定是水土出了问题。但周围都是青山绿水，没有人家，没有工厂，哪里来的污染？

水玲珑拿出短刀，剖开蘑菇茎，一股污黑的汁液流出来，臭味更加浓烈。水玲珑看到了污染的蘑菇汁液，像受到了剧烈的刺激，她带着惊恐的哭腔道：“又是霾污染！”

水玲珑在说什么，这里没有霾的。

“它一直跟着我们，”水玲珑碧绿的眼睛涌出了泪水，她居然哭了，“它非要把我们赶尽杀绝。”

“谁要杀你？”爱新爵萝看着水玲珑手里的刀子，小心翼翼地问。

“小霾，它又出现了！”水玲珑痛心道。

这不可能！

小霾在森林王国的都城，和毕莫大人打斗，肯定会受伤什么的，不可能来到这么偏远的地方，“大家都不知道玛丽塔在这里，”小川劝她，“小霾也不会知道，更不会找来。”

爱新爵萝听到这里傻眼了，他们过来的时候召开了新闻发布会。他的爷爷已经告诉广大民众，他加入猎霾战队，来荔波湾支援玛丽塔。

“大家都知道你们在荔波湾。”爱新爵萝跟他们讲了新闻发布会的事情。

小川希望躲在一个无人知晓的地方。而爱新家族做一件事情，恨不得昭告天下，让地球人都知道。这么张扬，现在好了，大家都知道他们躲在荔波湾。

小川气愤至极，但事已至此也无可奈何，大家已经知道了，希望小霾不知道。

爱新爵萝心虚地瞟了小川一眼，小霾不会是他要寻找的小猫吧？

他来荔波湾的途中，看见一只小狸猫模样的动物上了船。他好想抓住当宠物养，但那小狸猫太麻利了，他就是抓不到。大船靠岸的时候，他亲眼看见小狸猫从船上溜下来，跑进了丛林。

当时他还抓拍了一张照片，爱新爵萝拿出那照片。

照片上，小霾一副缩头缩脑的调皮样子，正在船的甲板上。

第十三章

魔鬼蘑菇汁

毫无疑问，爱新爵萝大张旗鼓来的过程中，整个森林王国都知道了玛丽塔躲在荔波湾疗伤。

小霾虽然是奇怪的物种，智商却不低，它听到了这个消息，就悄悄登上顺风船来找玛丽塔。

小川看着照片，气得说不出话来。

“耶耶，不要激动，”爱新爵萝看到小川的样子，说道，“大家看到这个小动物都很激动，它太萌了，对不对?”

小川瞪着爱新爵萝，快要气炸了。他带着玛丽塔受尽辛苦躲藏在荔波湾，就是不想让小霾找过来。

这个爱新爵萝，打着过来帮忙的旗号，带来了小川一直想要甩掉的麻烦——小霾。他不是帮忙，而是专门带来麻烦的。

这个无知的笨蛋！小川扔下照片，冲过来要狠狠地揍他一顿。

爱新爵萝感到莫名其妙，小川这个家伙，脑子有问题吧?

好好的干吗打他呀？他看到小川怒气冲天，吓得马上躲在水玲珑身后。他这个暂时的保镖，虽然个子小，也是非常厉害的，小川肯定打不过她。

爱新爵萝蹲在水玲珑大腿后面，抱着头躲避。

“我要杀了你！”水玲珑怒吼。

看吧！小川这个笨蛋，把保镖惹火了，肯定要挨揍。爱新爵萝突然发现水玲珑一把抓住了自己。

有没有搞错，应该打小川吧？爱新爵萝挣扎。

水玲珑碧绿的眼睛都变红了，露出瘆人的狼意，一把将爱新爵萝搡到地面上。

爱新爵萝不明白怎么回事，慌忙躲到小川后面。

水玲珑为什么要杀他？他出了高价雇水玲珑专门保护他的。

水玲珑一脚把他踢出来。

“啊啊啊！”爱新爵萝吓得倒在地上，长刀就在他手边，他都想不起拔刀反抗，估计拿刀是为了耍帅的。

水玲珑俯身，拿着短刀在爱新爵萝脸上拍了拍，咬牙切齿道：“你是荔波小七孔的罪人！我要把你的脑袋割下来！”水玲珑举着短刀，爱新爵萝完全吓傻了，不能动弹。

他大概不知道世界上还有这样野蛮的女孩子，没有温婉体贴，却是凶残粗野。

爱新爵萝的桃花眼中涌出泪水，一动也不敢动，等着挨刀子。小川一下子抓住了水玲珑的手腕，“慢着！”

水玲珑转过头，如果爱新爵萝够机灵，就应该抓住机会快速躲开。可他却浑身发抖，动弹不得，裤裆湿了一片。

这个长得细皮嫩肉的家伙，真是没用。

“也许小霾又跟船返回了森林王国。”小川毫无信心地道。

水玲珑摇头苦笑，小川眼瞎了吗，这里已经被污染了。她肯定这是霾污染，她已经闻到了霾的味道，它带着一股死亡气息。

“也许是别的什么污染。”小川安慰她。

水玲珑何尝不希望是别的。如果是别的污染，他们就不用搬迁了，要知道他们全村刚刚从荔波小七孔搬迁过来。

如果是别的污染，植物都能过滤。唯有霾污染的水，植物不能过滤。水玲珑给小川讲霾病毒的危害，霾污染过的水，能直接入侵植物的汁液。如果人喝了，霾病毒也能侵入人的血液。

小川听了，心在颤抖，霾污染真的很可怕。他还是劝水玲珑，当务之急不是杀爱新爵萝，而是弄清污染源，以及有多少污染。

水玲珑也认同小川的提议，跑过去查看污染。

爱新爵萝躺在地上，发现他们两个离开，自己被留在丛林里，松了口气。可他又听见丛林深处有奇怪的叫声，吓得爬起来就跑。

大概他太紧张了，爬起来跑的时候，居然滑倒在蘑菇流出的汁液上。他挣扎着爬起来，再次滑倒，弄得满身都是污染的汁液。

他突然感觉好舒服，最后索性躺在了蘑菇汁液中。

“你在做什么，爱新爵萝？”小川回过头来看，看到爱新爵萝把自己弄得满身汁液。他又爬起来，拿出了长刀，却在砍蘑菇。他砍得不亦乐乎，破坏好像成了一种乐趣。

小川过来劝阻，一滴污染的汁液落在了他的脸上，居然凉凉的，很舒服。

小川一阵兴奋，想要过去。

水玲珑一把抓住他，让他抹掉脸上的汁液。

小川擦掉脸上的汁液，才发现柔弱的爱新爵萝，样子很疯狂，就像一头发疯的猛兽。

他怎么变了？

水玲珑劝爱新爵萝不要砍了，这污染的汁液，是魔鬼蘑菇汁，碰不得，他们需要快点离开。

爱新爵萝根本不听。

“这很舒服，你也来试试。”他开玩笑似的抓起一把污泥，朝着水玲珑扔过来。

“你被污染了！”水玲珑着急道。蘑菇锁住了污染，还土地洁净，他破坏蘑菇，等于引火烧身。污染的汁液感染了他，引发出他身体里不好的一面，让他变得残忍狠毒。

任凭水玲珑怎么解释，爱新爵萝就是不听。

最后，水玲珑拿出一瓶矿泉水，呼啦一声就泼到爱新爵萝脸上。

爱新爵萝抹了一把脸，不解而又气愤地看着水玲珑，忽然发现自己站在污泥中，弄得浑身肮脏，他尖叫着跳出污染之地。

潺潺的流水声，透过树林，像让人安静的音乐。水玲珑带着浑身泥巴的爱新爵萝，朝溪流方向走去。

谢天谢地，溪流在此汇聚成一汪小湖。

爱新爵萝被泼了干净水，清醒过来，发现自己满身污浊，希望赶紧洗掉泥巴。

听到流水声，他兴奋起来。水玲珑让他去洗干净，话还没落音，就听见扑通一声。

小川跳了下去。

爱新爵萝邪恶地笑，原来他把小川推进湖中。

小川刚想从水里出来，却发现不对劲了——自己像个黑炭人——湖水全部被污染了，像石油渣滓般漆黑，他浑身上下都被污染的汁液包裹着。

身上这么脏，小川本来应该难过的，可他却感到浑身酥麻轻松，他还没有弄明白是怎么回事，就看见爱新爵萝和水玲珑打起来了。

他们在争夺水瓶，结果瓶子掉在地面上，水洒出来，和污泥混合成了一片脏水。此时，爱新爵萝完全没有人的尊严，就像条狗一样，舔食流淌在地上的水。

“不要喝！”水玲珑冲过去拽住他，“如果喝了被污染的水，身体里面会被腐蚀，就像我爸爸一样死去。”

但是，爱新爵萝仿佛失去了人性，根本不理会水玲珑的劝告，跪在地上舔水。

第十四章

玛丽塔好心办坏事

什么东西脏了都可以洗干净，水脏了怎么办？

丛林里的水都被污染了，不能喝也不能清洗。小川和爱新爵萝浑身沾满了魔鬼蘑菇汁。时间长了，这魔鬼蘑菇汁就会沁入他们的皮肤，感染血管，像溪澈叔叔那样。

当务之急，要去找干净水，把这两个男生清洗干净。

前面也许还有干净水，水玲珑劝他们走。爱新爵萝刚才没有喝到那脏水，嚷嚷着口渴，不肯走。小川浑身污染，他躺在地上，有些迷迷糊糊了。

水玲珑看他们都不想动，折断了一根藤条，当作鞭子驱赶他俩，“走，都站起来给我走！”她喝道。

小川浑身懒散不想动，水玲珑拿藤条抽他。

他受不了疼痛站起来，水玲珑像赶牲口一样，赶着他和爱新爵萝往前走。她给他们承诺，地上的水不能喝，她可以找到来自天上的水。

她肯定是信口雌黄，哄着他们往前走的。天上怎么会有水？此刻，太阳高挂，天空没有一丝云彩，根本不会下雨的。

他们靠意志力坚持走了一段路程，还是没有水的迹象。爱新爵萝实在走不动了，小川也踉踉跄跄站不稳，他不知道还能支持多久，腿脚都是软绵绵的，如果不是怕挨打，他早就躺下了。

小川迷迷糊糊走着，似乎听见了水声。他怀疑自己出现了幻觉，仔细听了听，确实有水震荡的声音。水玲珑身上带着水，只是自私没有拿出与大家分享。

爱新爵萝也听到了水声，直接去掏水玲珑的口袋。

“干什么，你？”水玲珑喝道，爱新爵萝已经掏出了那瓶水，扭开盖子就喝。水玲珑慌忙阻拦，他还是灌了一口，呛得咳嗽起来。

“辣！”爱新爵萝伸出舌头，一脸痛苦。

“这是驱蚊花露水！”水玲珑夺回去，还是爱新爵萝给她的，一看就不是水瓶，他开始神志不清了。

爱新爵萝又没有喝到水，红着眼睛朝水玲珑扑来，要跟她拼命。

水玲珑一挥藤条，爱新爵萝扑通一声被绊倒了——藤条缠住了他的双脚。

小川虽然没有被缠住，但也倒在地上，一停下他就坚持不住了。水玲珑命令他们躺下乖乖等着。

她就像猴子一样，噌噌噌朝树上爬去，摘下一朵花就往下倒。小川还没有明白是怎么回事，一股清水泼到自己脸上，奇妙的花香飘散开来。

“这叫花朵水壶，”水玲珑解释，“每个花心里都有半碗水。”

水玲珑摘了许多花朵水壶，给他们清洗了脑袋，小川和爱新爵萝渐渐地清醒过来。

水玲珑命令他们爬树去采摘花朵水壶，把身上也洗干净。爱新爵萝从来没有爬过树，只有小川动手了。

小川爬上树，才发现这碗口大的花朵内兜着清水——大自然的甘露在花心里盛着。他们用花心的水洗干净身上的污浊。水玲珑才松了一口气，“幸亏只是表面，如果污染了血液，根本无法清洗，只能像我爸妈一样痛苦地死去。”

“你父母是被这污染害死的?”小川轻声问。

他们洗干净之后，坐在一根倒地的树干上休息。水玲珑便给他们讲了这可怕的污染。

原本，水玲珑一族居住的荔波小七孔，被称为天然的绿宝石，是个像凤凰羽毛一样美丽的地方，有世界上最纯净的水源。

玛丽塔放出了小霾。小霾对于好环境有一种天然的敏感。就像候鸟天生就知道迁徙路线，小霾天生知道哪儿有最清澈的水源。它一出来就要找最干净的水洗澡，于是来到荔波小七孔。

小霾在水里游，留下一条黑色污染带，像墨水一样在水中散开，污染了荔波小七孔的河流。

当时，没有人了解霾，大家都不知道它留下的黑色污染带是什么。村民饮用那条河流中的水，结果导致五百多人感染了霾病毒，血管都变成了黑色。

水玲珑讲述着，声音低沉，没有一个人说话，他俩都静静地听着。

“后来，我们的族人称那黑色的污染为魔鬼汁，人喝了被污染的水，会染上霾病毒，这是看不好的病。”水玲珑哽咽道，“我爸妈都是因此污染而亡的。”

玛丽塔肯定没有想到小霾会带来这么严重的后果。小川震惊了，如果不接触水玲珑，死亡只是一串数字，那是没有感觉的。他了解水玲珑一家，才知道这是多么令人痛心的污染——小霾导致她父母双亡，让她承受了这个年龄不该承受的负担，让她全家失去了活下去的希望。

“玛丽塔很崇高，”水玲珑的眼泪流了下来，“牺牲我爸妈、牺牲我们村子好多人的生命，去成就她的伟大理想。”

玛丽塔放了小霾，她知道它在河流中游泳，会留下可怕的魔鬼汁。她曾经想过控制小霾，不让它下水。小川明白了，玛丽塔没能控制住小霾，给水玲珑的家乡带来严重的污染。

“小七孔被霾污染了以后，溪流酋长带着我们搬到这偏远的荔波湾，刚刚安顿下来，而霾又来了。”水玲珑别过脸去，她哭了，她不想让人看见，“我们注定要被霾害死的！”

小川和爱新爵萝对视了一眼。这次，小霾是因为他们而来的。

小霾从监狱出逃，就是为了寻找玛丽塔。小川带着玛丽塔躲在了荔波湾，本来这事无人知晓，而爱新爵萝大张旗鼓地前来援助，带来了小霾。

“对不起，水玲珑!”爱新爵萝的道歉脱口而出。

小川摇摇头，“对不起”三个字太轻飘了，怎能抵消死去的五百个生命，怎么对得起艰难存活下来的人们?

“污染距离你家还是很远的!”爱新爵萝想要安慰水玲珑。可是说出来的话总是让人生气，典型的事不关己高高挂起。

空气污染了，即使住在清新的山边，可是不会刮风吗?水污染了，只是污染别人，与你无关吗?

“覆巢之下，岂有完卵!”小川沉重道。

他们三个跑回去找溪流酋长。

尽管这里距离村子很远，还是要尽快通知村民，免得大家误饮被污染的水。溪流酋长听他们讲完，差点崩溃!

这是要折腾死人吗?他们刚刚搬迁过来。溪流酋长顾不得痛苦，他要赶紧通知大家:霾又来了，河流中的水一概不能饮用，避免感染霾病毒。

老医生急匆匆地给首相大人写信，要求运送干净水、派医生过来防疫。小川帮他投递信件，便发现有村民背着包裹开始逃离。

路过水玲珑家门口的时候，溪澈叔叔远远地就问他，是不是霾来了。水玲珑对小川使个眼色，不让他说。

“别瞒我，水玲珑，应该有水源异常。”叔叔确定，他喝过被污染的水，只是喝得少，至今仍在苟延残喘。他哥嫂都是死于霾污染，他了解霾的味道，大船开过来那天，他就闻出空气中有霾的味道了。

爱新爵萝的船带来了霾，他知道。

叔叔正猜测，突然看见有人背着包裹离开，便确定自己猜对了，催促水玲珑带上弟弟速速离开。

“要走一起走！”水玲珑固执道。

叔叔不同意，他知道自己病重走不动，只会拖累水玲珑。奶奶也不走，她明白自己一把年纪，逃出去也没有活路，还不如就死在荔波湾。这是她的故乡，她不想死在外面。

“如果我也走了，你们只有死路一条。”水玲珑不舍得丢下他们。

“我们死了你和弟弟可以活呀！”奶奶也劝水玲珑带着弟弟快走，只要家族唯一的传人——那个男孩能活下来，他们都会含笑九泉的。

三岁小男孩完全不知情，还在开心地玩着泥巴。

外面，更多的人拿着包裹逃离。虽然污染还有一段时间才能蔓延过来，但他们都知道霾一来，此地就无法居住了，于是纷纷逃离。

叔叔也是火急火燎地催促水玲珑马上收拾东西离开。

“污染没有那么快蔓延过来！”小川安慰他们，这里距离污染处还有一段距离。

叔叔急得直跺脚，“大家害怕的是封锁令。”

封锁令是什么？小川不明白，难道比小霾还可怕吗？

原来，一旦被霾污染，这里就会被划成疫区，不能进出。因此，大家都趁着首相还没有下封锁令，速速逃离。

“你也赶快走吧！”叔叔劝小川。

“我和你们在一起！”小川一副无知的样子。

叔叔看着这奇怪头发的男孩，干吗跟他们在一起受罪？“你难道傻吗？这不是好事！”

“嗯，我就是脑子少根筋。”小川爽快地承认了。

叔叔和奶奶对望了一眼，这个孩子怎么能说自己脑子少根筋呢？

“你可别像水玲珑一样傻啊！”奶奶劝道，“她想救整个村子，可是你们救不了的，走吧。”

“走吧！都走吧！”叔叔劝道，他有些落寞，能走的人都走了，包括涟漪再也不会回来了。

小川看向水玲珑，她不走，她不愿意丢下亲人。她知道奶奶和叔叔都不想死。

水玲珑哽咽着告诉小川，“我答应了涟漪婶婶，照顾好溪澈叔叔的，我不能丢下他。再说，我们一家逃出去也无法生活，奶奶和叔叔都需要照顾。”水玲珑为难道，“我又不能带着弟弟做小偷，我是坏人，可叔叔很善良，我不能把他儿子带坏了。”

第十五章

还有更好的办法吗

小川决定帮助水玲珑。

他不能眼睁睁看着小霾破坏荔波湾，他决定去找毕莫大人。如果森林王国派来医生、援助药品和干净水，水玲珑以及荔波湾所有人都不会那么难过了。

爱新爵萝劝他不要去，他们只是猜测，没有确凿证据证明霾来了。他认为水玲珑不能相信。她是他们的敌人，要杀玛丽塔呢。

小川也不和他抬杠，让他们照顾好玛丽塔，不许水玲珑和小霾靠近。

爱新爵萝觉得小川这个人脑子有问题，一边帮助水玲珑，还一边提防她！

“水玲珑是猎霾战士，我们一个团队，当然要帮她啦！”小川解释，“她想杀掉我的救命恩人，当然得提防她！”

达鲁花赤赞同，答应替他照顾好玛丽塔。

小川终于安排好了，启程去森林王国。水玲珑劝他不要去，她深信毕莫大人不会提供帮助。

小川劝说水玲珑一起去，他担心水玲珑会趁他不在杀害玛丽塔。

水玲珑确实走投无路，便答应和小川一起去求助毕莫大人。

他们走到峡谷口，便看见谷口进驻了许多守卫，都戴着森林王国绿树的标志。小川很高兴，毕莫大人办事神速，已经派人来捉拿小霾了。

“这些人是对付我们的。”水玲珑指了指峡谷口另外一边，让小川看。

那里拥挤着许多想要逃难的民众，他们背着行囊拥挤着，高喊着：“放我们出去，放我们出去！”

一个士兵高声喝道：“首相大人有令，疫区的人不能出去！”

民众都嚷嚷着自己没有感染疾病，需要出去，士兵却把他们赶了回来。

“看到了吧？”水玲珑解释，“森林王国不能控制霾，只要霾带来污染，就下封锁令，不准疫情区的人出去，以免感染别人。”

小川非常气愤，荔波湾需要的是帮助，不是封锁。但荔波湾已经被封锁，小川和其他人一样出不去。无论他怎么解释，那些守卫都不让他踏出荔波湾一步。小川现在理解了，民众为何急急忙忙外逃，大家害怕霾，更怕封锁令。

水玲珑知道解释没用的，拉开小川，对他耳语了一番。他们就去了人少的边缘地带。

这里有两名守卫正端着枪防止村民外逃。

小川走出来，两个守卫都举起武器，黑洞洞的枪口对着他，“回去，回去，”守卫喊道，“疫区的人不能出来。”

“你说什么？”小川故意问。

“你聋吗？”守卫喊道，“我叫你回……”

咣当一声，水玲珑一砖头敲昏了守卫。另外一个守卫慌忙调转方向，枪口对准水玲珑。

小川的砖头落下来，守卫倒地，“哦，对不起，”小川解释，“我不是要杀你……”

“啰嗦什么？”水玲珑喝道，“快点走！”

水玲珑熟悉路线，他们抄近道，一天一夜就到达了森林王国紫荆花城。

护城河上的吊桥全都拉起来，不允许城里的人们外出。听说他们两个是从疫区来的，守卫吓得跌了一跤，慌忙爬起来去禀报毕莫大人。

等了半个时辰，吊桥放下，城门大开，一队皇家守卫开道，首相大人身穿墨绿长袍出场。后面跟着爱新政德、阿里木教授以及提着菜篮子的夏嬷嬷。她大概买菜刚刚回来，估计听到玛丽塔的消息，菜篮子都没来得及放下，就赶了过来。

他们关心玛丽塔，他们是来帮忙的，小川开心起来——荔波湾有救了！

他开心地跑上吊桥。

“等等！”毕莫大人冷酷地制止住热情跑来的小川，“检查一下，他们有没有感染霾病毒。”

小川愣住了，他们担心他带来疫区的病毒？他们害怕被传染？

一身生化服的阿里木教授过来，给他俩检查，确定没有感染霾病毒，毕莫大人才走过来。

他已经下了封锁令，不知道这两个孩子是怎么逃出来的。

“请不要封锁他们！”小川请求，“许多人都没有感染病毒，像我，像水玲珑一样健康。”

“你不知道霾病毒有多可怕。”毕莫大人双眼似鹰地盯着他。

“我知道，”小川说，“我亲眼看见了！”

“那就好！”毕莫大人平静道，“不封锁疫区，他们会带着病毒乱跑，让整个森林王国都有被感染的风险。”

小川和毕莫大人说的时候，夏嬷嬷偷偷拉了拉阿里木的衣角，示意他去请求毕莫大人，救出玛丽塔。

阿里木教授也过来请求，毕莫大人眯起鹰眼，很不满意地提醒他，玛丽塔在污染区。

“刚才小川也说了，他们没有感染病毒！”阿里木教授争取。

“我们并不了解里面的真实情况！”首相大人说。

“我说的都是真的！”小川赶快保证，“荔波湾有许多人没有感染病毒，他们需要纯净水，需要出去……”

“不能凭着你们两个的说辞，”毕莫大人打断他，“就让我拿九千万民众的性命来冒险。”

毕莫大人冷酷无情，声称作为首相，他要为民众着想，他不会派人进入污染区，更不会开放疫区，除非——抓住小霾，疫情消失。最后，看在阿里木教授的面子上，如果小川带出玛丽塔，并且没有感染病毒，他允许玛丽塔回来。

就算小川能带出玛丽塔，那水玲珑一族呢？“你不管荔波湾民众的死活？”小川质问。

“我只管森林王国的——人！”毕莫大人冰冷无情。

“难道荔波湾那些村民，不是你的人民吗？”小川生气道。尽管他们像野人，尽管他们住得偏远又贫穷，但他们也算森林王国的民众啊，难道毕莫大人不管他们的苦难？

“你还是一如既往打算牺牲我们？”一直没有出声的水玲珑厉声问道。

“不这么做，你还有更好的办法吗？”毕莫大人冷酷的鹰眼盯着她问。

上一次污染，毕莫大人无动于衷，任由村民死去。现在他还是置之不理，水玲珑气昏了头，她失控地冲向毕莫大人，“我要杀了你！”

两边的守卫马上挡住她，他们扭着水玲珑的胳膊把她按在地上。

毕莫大人冷冷地看着她，“这次我就不处罚你，赶快回你的疫区！”他严肃道，“一旦被发现你们在森林王国乱转悠，给大家带来感染风险，格杀勿论。”

毕莫大人冷酷无情，说完就带着士兵离开了。

守卫要关城门。

爱新政德看毕莫大人走开，就塞了一沓禄币给守卫，关门的速度慢了下来。

爱新政德趁机跑过来，拜托小川帮忙救出爱新爵萝，他愿意拿出一半家业来报答。他只有一个孙子，失去了他，留下家业也没用。

另一边，夏嬷嬷也让阿里木去救玛丽塔！但阿里木犹豫不决，“我们应该理智，顾全大局……”

夏嬷嬷忍不住了，把菜篮子扔到阿里木脚下，他就知道理智，理智，不要生活，搭上了老婆，还为了狗屁的大局，连自己的女儿都不要了！“你不保护她，我去保护她，我不能眼睁睁看着玛丽塔死去。”夏嬷嬷高声骂着阿里木教授，跑向小川那边。

守卫关闭了城门，阿里木在门内叫夏嬷嬷不要冲动。

冰冷的大门关上了，他们被拒之门外。

水玲珑痛苦至极，在小川的劝说下，她本来抱有一丝希望，可在毕莫大人眼里，他们的命很贱，像蚂蚁一样卑微，不值得搭救。

“没有人救我们!”水玲珑眼神都枯萎了。

“别难过，水玲珑！我们再想想别的办法。”小川劝慰水玲珑，她刚刚被按在地上，满脸擦伤，估计心中绝望极了。其实，小川心里更难过。荔波湾需要医生，需要救护队，需要干净水。他来搬救兵，就搬来了最没有用的夏嬷嬷，她只会买菜做饭。

水玲珑像行尸走肉般，痛苦地喃喃自语。突然间，她站住了，“我不能放弃，我们要自救。”

小川松了一口气，水玲珑想开就好了，却听她说：“杀了玛丽塔，自救。”

夏嬷嬷和小川都瞪着她。

“你们把玛丽塔带到荔波湾养病，才导致小霾跟来，”水玲珑悟道，“如果玛丽塔死了，小霾就会离开，对不对?”

“你不能这么做!”小川劝道。

水玲珑学着毕莫大人的口气反问：“不这么做，你还有更好的办法吗?”

第十六章

美人之泪

小川去搬救兵，搬来了只会买菜做饭的夏嬷嬷。别人都不愿意伸出援手，只有她舍不得抛弃玛丽塔，跟着来了。

他们并不缺煮饭的。

小川劝她回去，夏嬷嬷很难过，认为小川是嫌她老了，没有用处了。但有用处的阿里木只讲利益，没有感情，他不救玛丽塔！

小川理解夏嬷嬷对玛丽塔的感情，可毕竟这不是外出旅游，“路途遥远，您身体受不了的。”

无论怎么劝说，夏嬷嬷一点儿也不打算放弃，她紧紧地跟上他们。一路上，她都唠叨着阿里木教授的种种不对。

小川真想走开，但他没有那样做，还是耐心地走在夏嬷嬷身边。

“关押小霾，那是错误的！”夏嬷嬷批评道。

“让霾出来害人就对？”水玲珑一副吵架的口气。

“不是那个意思，”夏嬷嬷解释，“你们都不懂，制服小霾，说难也难，说容易也容易。”

怎么容易？小川也想和嬷嬷吵起来了，对付霾这样一个恶魔，怎么会不难？夏嬷嬷跟别人真不同啊！

“任何人都无法制服小霾，唯一的办法，就是用爱囚禁小霾，这是夏黛儿说的。”小霾在关塔纳魔湾监狱，九十九年没有闹事，那是爱啊！可是一般人却不知道。

用爱心囚禁小霾？小川不理解。监狱，冰冷的高墙，残酷的刑罚，夏嬷嬷说那都是爱，爱跟这些冰冷残酷的东西根本不搭调啊。

小川不想说话了，夏嬷嬷跟他们简直就是两个世界的人，无法沟通。

“这是夏黛儿留下的。”夏嬷嬷拿出一个小瓶子，“那些男人，那些理性的研究员，谁也不会去研究这类武器的。”

“他们还嘲笑夏黛儿，研究出这么一个没有用的东西。”夏嬷嬷把瓶子递给小川。

这是一个心愿瓶，项链上坠着一个拇指大小的玻璃瓶，少女最喜欢佩戴的饰物。这怎么叫武器呢？没有一点攻击性。小川举起来看，瓶子内是琥珀色的凝固物体，正在慢慢融化成液体。

夏嬷嬷给他们解释，这叫美人之泪，心软的人才能使用！

水玲珑好奇地凑过来看，怎么分辨谁心软心硬？心又看不到。她拿过美人之泪，小川忽然看见，在水玲珑手里，刚刚融化的液体又凝固了。

“美人之泪会分辨，如果拿到手里，它是液体，就证明你是好心人，能使用。”夏嬷嬷解释。

“啊，我看看！”小川一把夺过来，“啊啊，它凝固了，说明我不能使用。”

小川把心愿瓶放回夏嬷嬷手里，这个武器挺麻烦的，还挑合适的人才能使用，小霾粉碎起人来，可是六亲不认的。

“夏黛儿相信小霾善良，”夏嬷嬷解释，“小霾在美人之泪中也变得善良，它不逃走的。”

小川没有明白，这滴水怎么能困住霾。

夏嬷嬷把心愿瓶项链挂回脖子上，美人之泪看起来没用，却能封印小霾！

金刚钻缸没有封印住小霾；关塔纳魔湾监狱没有封印住小霾；瓶子里的琥珀色液体能封印小霾？“别开玩笑了，夏嬷嬷，”小川无奈道，“小霾是个能腐蚀铁的怪物，什么都能粉碎，没有东西能囚禁它。”

“爱！”夏嬷嬷说，“爱能囚禁它！”这可不像一个做饭老奶奶能说出来的话，小川惊讶地看着她。

“我听夏黛儿说的。”夏嬷嬷讲解，“夏黛儿善良，不会伤害任何生命，因此才研发出美人之泪，顾名思义心软。当被囚禁的生物没有攻击能力的时候，美人之泪就会消失，这武器不伤害任何性命，只将暴虐化为温柔，夏黛儿说的，这是爱的囚禁。”

水玲珑对那小瓶子嗤之以鼻，一个爱做梦的少女，弄出这么一个小瓶子，保姆也相信！想得真好，爱的囚禁，“你们实验过吗，用过吗?”水玲珑问。

“我哪里用过。”夏嬷嬷黯然道，她只管做饭，可不管外面那些事情。

“嬷嬷说能用，就能用嘛!”小川打圆场，他不想让夏嬷嬷难过，大家都不管玛丽塔了，只有她站出来，尽管帮不到忙。但她有心啊。

他们又回来了。

峡谷口拥挤着大量想要外逃的人们，对于他们三个要求进入，守卫人员十分惊讶，一再地确认，“进去就不能出来了，”守卫指着那些人给他们看，“他们都拼死想要出来的。”

“放我们进去吧!”夏嬷嬷说。

“你也许活够了，可他们两个还是孩子，”守卫看着小川和水玲珑，“这种病毒一旦感染是会致命的。”

“我知道!”小川和水玲珑同时说。

守卫看着他们进去，好像看着他们去赴死。

回到了荔波湾，水玲珑就要去杀玛丽塔。她认定了杀掉玛丽塔是最好的解决方案——玛丽塔死了，小霾就会离开她的家乡。

可小川却不这样想，即使玛丽塔死了，霾还是存在，还会去别的地方污染，问题并没有解决。

“它去哪里污染我管不着。”水玲珑很自私，“我没有高贵的梦想，我只想让家人活着。”

夏嬷嬷提醒她，只有玛丽塔活着，小霾才会听话。如果没有玛丽塔，霾有可能会毁灭整个森林王国。

“毁了森林王国关我什么事？”水玲珑也变得很冷酷，毕莫大人不管他们死活，难道他们还管他的森林王国？

问题的根本就是玛丽塔，关押了九十九年，那个恶魔即将消失。她为了所谓的伟大理想，放小霾出来，赌上多少村民的性命，导致她爸妈，还有五百村民死亡——玛丽塔是恶魔，她早该死！水玲珑决定了，她不会再听小川的劝告。

但夏嬷嬷又拦住她，苦口婆心地劝她不要再犯错误。就是因为她杀玛丽塔，才导致小霾越狱出来污染荔波湾的。

“你什么意思，你是说我们活该吗？”水玲珑火冒三丈，如果不是玛丽塔放了小霾破坏荔波小七孔，他们根本不会搬迁到荔波湾。

“玛丽塔用爱心制服了小霾，而你，用恨意放出了霾！这是事实。”夏嬷嬷毫不相让。

“哼，多么伟大的爱心啊！”水玲珑鄙夷道，“她的爱心杀死了我们全村的壮年人，她的爱心要用我们的生命去成全！难道我们不配活着，就该为了她的爱心去死？！”

夏嬷嬷一时语塞。

她们不是一个层次的人，夏嬷嬷不理解为生存挣扎活着的艰辛，而水玲珑也不会理解未来和梦想的意义。

第十七章

霾怪兽暴怒的杀戮

溪流酋长喊得嗓子都哑了，他在号召大家撤离，“快点，快点登船撤离。”他呵护着惊慌失措的村民，往海边逃跑。

忽然看见水玲珑、小川和一个老奶奶还在吵架，便催促他们快点上船逃命。

“哪儿来的船？”水玲珑问。

“小川送给你的金牌，我换了一艘大船，刚刚开到，大家可以乘船走了！”溪流酋长声音嘶哑地道。

小川不明白了，污染不是还有一段距离吗？大家为何这般惊慌？他转身看去，便明白人们为何害怕了。

一个桥头，站着小霾。

水玲珑声音发抖，“它来了，它来了！”

小川让水玲珑赶快带着家人撤离，让夏嬷嬷去找玛丽塔。他朝着小霾走去，如果他能稳住小霾，大家都有时间逃走，不受霾的影响。

他走向桥头，看着彼端的小霾，尽量平复自己慌张的情绪。

“喵！”小霾叫了一声，歪着头看他。它发出的不是情绪紧张的吱吱声，或许可以哄哄它。

小霾手里拿着一片绿树叶，走过去，放在水玲珑脚上，那树叶变成了枯黄色。玛丽塔曾经说过：霾用树叶表达心情，如果树叶是枯萎的，表示它不喜欢你；如果树叶是绿色的，表明它把你当成了朋友。

水玲珑那充满狼意的眼睛，无疑说明，她要跟小霾来个你死我活，鱼死网破。

小霾能察觉她的愤怒，它不喜欢水玲珑。

小川想把水玲珑支走，但她站着不动。小川无奈只得哄小霾离开，“跟我走，带你去找玛丽塔。”

听说去找玛丽塔，小霾开心地跟上小川的脚步。

小川带着小霾朝偏僻的地方走去，无论将要采取什么措施，他都感到心有不安。小霾像个天真的孩子，再一次相信了他。

他不想杀小霾，这跟杀掉水玲珑那个无忧无虑的小弟弟没有什么区别。

小霾采摘了一把野菊花，开心地笑着。

小川目光从小霾身上移开，如果不想办法囚禁小霾，水玲珑和那个可爱的弟弟以及荔波湾的人们，都将遭受霾带来的灾难。

小川正盘算着怎么处置小霾，突然听见有人喊玛丽塔。他

012

转身看过去，水玲珑伸头对着井口喊道："玛丽塔掉井里了！"

这怎么可能！

但小霾一下子蹿过去，趴在井沿上，伸头往下瞅。小川意识到了危险，慌忙跑去阻拦。但手起砖头落——趁着霾往下看的时候，水玲珑一砖头就把小霾拍进了水井中，扑通一声。

"不！"小川喊道。

小霾平和的时候，像个三岁的纯真孩子，很容易相信人。即便你告诉它，玛丽塔住在水井里，它也不会怀疑，它只会好奇地去看。水玲珑就是利用它的单纯，把它弄进水井里。

小川跑过来，只剩一束明艳的菊花落在井沿上。

"愣着干什么，快过来搭把手！"水玲珑喊道，她正搬来一块大石头，要落井下石封死小霾。

"不行！"

"理智点，你想它爬出来去拥抱玛丽塔，嗯？"水玲珑质问，"让玛丽塔变成粉末，我可是很想。你不想就快来帮忙！"

小川心疼万分，还是帮忙抬起石头，丢进井中。扑通一声，刚刚挣扎着出了水面的小霾，再一次被大石头压进井底。

水玲珑不知道什么时候弄了一堆水泥，他们颤抖着用水泥封死了井口。

人们从四面八方拥出来，冲到码头，先到的已经登船。

水玲珑跑向自己家，小川也奔回民宿。他们要赶快撤离，小霾一发脾气，带来的恐怖影响，玛丽塔这样虚弱的病人，根本承受不了，要把她转移到船上逃离。

小川跑到半路，看见达鲁花赤背着玛丽塔正往码头跑，爱新爵萝拉着老医生，跟在后面。小川感到欣慰，他们还能帮上点忙。

可是，“夏嬷嬷呢?”

“谁是夏嬷嬷呀?”爱新爵萝一脸迷惑。

看来她没有找到民宿，她去哪里了?没有人回答，远处响起了汽笛声，预告着大船即将开走。

不能耽搁时间，小川感到空气变冷了，说明水井没有封住小霾，它可能已经出来了。

山里的路非常不好走，也许是爱新爵萝和老医生的腿都吓软了，他们走得很慢。路上，小川用目光搜寻着夏嬷嬷，却看到了水玲珑一家。

水玲珑一手搀扶着叔叔，还拉着奶奶。奶奶颤颤巍巍牵着那个三岁小男孩。小川跑去帮忙。

此刻，呼出的气息都成了白雾，好像到了寒冬腊月。大家感觉到了霾的气息，疯狂地往船上挤，想要快点逃离。

峡谷口的守卫们发现了异常，他们过来阻拦逃跑的村民，“站住，不许跑!”

“快点，快跑!”溪流酋长催促着，几个健壮的村民拿着武器，守护大家逃跑。聚集过来的村民争先恐后，连滚带爬地往船上挤。

守卫逼近，溪流酋长带人与他们打斗。可双方都力不从心。空气太冷了，有些人已经倒在了地上。

霾要来了，不能再耽搁，溪流酋长下令开船。

达鲁花赤背着玛丽塔上了船梯，爱新爵萝落在了后面。他急了，松开了老医生，自己朝前面挤去。小川把老医生推到船上，又回头帮助奶奶和水清清。

“不要管我，快去帮水玲珑！”奶奶喊道。

小川回头一看，溪澈叔叔还在后面，他根本走不动。水玲珑试图背着他，可她太矮小了，扛不起高大的叔叔。

守卫追赶过来，水玲珑却不愿意丢下叔叔。

小川跑回来帮忙，可是叔叔却把水玲珑推向他，“快点带她走，不要管我！”他扑向了守卫，结果却倒在了地上，浑身抽搐。

空气中充斥着死亡的气息。小霾暴怒，已经膨胀成怪兽模样逼近过来，而大船在离岸。

达鲁花赤已经把玛丽塔送到船上，他又返回帮助爱新爵萝。可怜的少爷从来没有遇到过这个阵势，本来已经上了船梯，又被人们挤下去了。

“船长，快点离开！”溪流酋长喊道。几个守卫跳上驾驶舱门，企图杀死开船的人。

开船的正是额头上带着符号的溪原子。他和守卫打斗起来，船又停住了。

爱新爵萝得到了机会，拼命往上挤。达鲁花赤伸手过来拉他。水奶奶一下就抓住了达鲁花赤伸过来的手，把水清清送了上去，自己也趁机挤上了船。

可怜的爱新爵萝生在富裕家庭，从来不会争抢，又一次错失了上船的机会。

另一边，小川拉着水玲珑离开。她却挣脱了，她不能丢下叔叔！她答应了涟漪婶婶要照顾好他的。她拼命跑回去，却倒在了地上。

霾怪兽降临，如死神一般！

一股绝望气息袭来，小川也倒在地上。他似乎又回到了幸福岛，孤独地躺在废墟上，看着满目疮痍，断肢残骸，幸福岛变成了人间炼狱，没有人能够幸免，他再努力都没有用。

这不是真的！小川强迫自己睁开眼睛，避免被绝望吞噬，却看到水玲珑爬向叔叔。

叔叔伸出手，在与水玲珑拉手的一刹那，他口吐鲜血，倒在地上——身后是冒着怒火的眼睛，霾怪兽从背后结束了他的生命。

水玲珑站起来，想要去扶住叔叔，死神镰刀朝着她呼啸而来。小川一个激灵，猛扑过去压倒水玲珑。死神镰刀落下来，落在了——夏嬷嬷的肩头。

“小霾，我的宝贝！”夏嬷嬷微笑着劝道，“别生气。忘了吗？

你就是这么冲动地杀死了最疼爱你的夏黛儿，别杀——他——”

夏嬷嬷说着，慢慢矮了下去，她化成尘埃，飘散开来！

她被霾怪兽腐蚀成了粉末。

第十八章

涟漪婶婶的托付

霾怪兽铺天盖地飞过来，像压地的黑云。所有人都被它的气息困扰，觉得世界末日来临。

大船匆忙启动，想要逃离它的影响，船梯都没有来得及收起来。

许多人还挂在船梯上，惊叫着往外挤。

达鲁花赤看前面人太多了，没有可能挤上去，就一咬牙单手就把爱新爵萝托举起来，用力扔到了船上。

“夏嬷嬷！”小川嘶哑地喊着，他无法接受一个人就这样在眼前消失了。水玲珑看着叔叔死了，夏嬷嬷也成为尘埃，都无法挽回。她清醒过来，拽着小川跑向大船。

守卫们也惧怕霾怪兽，停止了打斗，争先恐后地往船上跑，把小川和水玲珑挤到了后面。

他们紧紧拽着没有来得及收起的船梯，拼命往上挤。

大船加速离开。

霾怪兽贴着水面飞起来，追赶大船。它掠过小川和水玲珑的头顶，他们蹲进水里。霾怪兽飞过，小川又站起来，看到没有来得及躲进水里的守卫，都被腐蚀成了粉末，剩下半个身躯站在水里。

溪流酋长疯狂地把挂在船边沿的人们拉上来。霾怪兽扑过来，举起死神镰刀，如果镰刀碰到大船，这一船的人们都要死亡。它上一次把大桥都粉碎了。

溪流酋长看着死神降临，毁灭无法避免。他抱起玛丽塔，推向海里，老医生想要抓住，连带掉了下去。

扑通两声，玛丽塔和老医生掉进海里，霾怪兽停止了追赶。

大船鸣起胜利的汽笛，驶向了远方。

霾怪兽发出震天的怒吼，然后一头就钻进了水里，海水马上被污染了。小川不顾一切地游向玛丽塔，但他什么都看不见，霾怪兽把那一片海污染成了墨汁。

突然，玛丽塔出现在水面上。是小霾推起了浪花，驮着她游过来，嘴里发出咕哝声，在祈求小川帮忙。

小川理解，抱起玛丽塔。另外一边，达鲁花赤也救出了老医生。

霾怪兽看到了玛丽塔，开心起来，恢复原形变回小霾。它开心地叫着，在水里翻滚，根本不知道自己把大海污染成了黑色，也不知道有多少人被它腐蚀成了粉末，它只知道又和玛丽塔在一起了。

小川抱着玛丽塔快速离开小霾。而在岸边，水玲珑正拿着刀子等待着。她今天一定要杀死玛丽塔，为叔叔报仇！

水玲珑拿着刀子逼近。小川看见她那狼意的凶残目光，便知道她把叔叔的死迁怒于玛丽塔。

小川抱着玛丽塔逃跑，却发现一个女人冲过来。那女人有一双像珍珠般的黑眼睛，脸上抹着厚厚一层白粉，她冲到溪澈叔叔尸体旁边。

水玲珑看见那个女人，不再追赶小川，“涟漪婶婶，”水玲珑激动道，“你回来了？”

水玲珑跑过去扶住她，婶婶放声大哭，“我回来了，可他却死了！”

小川抱着玛丽塔想要离开。他看见婶婶的眼泪落在叔叔的脸上，荡起了一股烟尘。

叔叔已经被腐蚀成粉末，只是没有人动他，还保持着人的样子。婶婶一碰他，就会化成粉末，她会受不了的。小川想到这里，就把玛丽塔放在一棵大树下，走到水玲珑身边，提醒她带着婶婶赶快离开。

水玲珑理解，劝婶婶回家。可她哭着挣脱开，就要扑到叔叔的身上，小川伸胳膊挡住，“叔叔身上有霾病毒，你不能，不能碰。”小川劝道。

绝望的人爆发出了可怕的力量，婶婶一下子甩开水玲珑和小川，抓起了叔叔的手。

可是，她拿到了什么？

抓起来的手却成了粉末，像沙子一样从她指缝里漏掉了。婶婶停止了哭泣，瞪大了眼睛，看着空空的双手，她惊呆了，没有一点儿声音。

“婶婶，你听我说，听我说，他的手被霾腐蚀坏了。”小川慌忙劝道，“他伸手把水清清送到船上时，碰到了霾，手就坏了，但是水清清上船走掉了。”

叔叔死亡的地方距离大船有好远呢，小川信口就说，他才不管什么逻辑不逻辑的，对于一个绝望的人，什么道理、逻辑都没有用，不让她崩溃才重要。

婶婶抬起头，眼睛里全是泪花。

“叔叔失去了一只手，”不，其实他连命都失去了，但小川说得好像只是失去了一只手，“但他保护了水清清，那个长着爱心胎记的男孩。”

“你应该高兴才是。”小川笑着说，其实他早就哭得稀里哗啦了。

婶婶愣了好大一会儿，突然放声大哭，“可是，可是……”

还好她哭出来了，哭出来比她一声不吭要安全。小川扶起婶婶，告诉她水清清是和村民一起坐船走的，就在那儿，小川带她去看。

他拉着婶婶去海边，“看啊，许多人为了爬上船，鞋子都掉下来了，你看，那里乱七八糟呢！”

“水清清走了?”婶婶哭着问，“他安全了?”

“安全了，荔波湾的人都安全了。”小川扶着婶婶一步一步走近海边码头，一步一步距离玛丽塔越来越远。

水玲珑拿起刀子，一步一步朝着玛丽塔走近。

她报仇的机会来了。

小霾正蹲在玛丽塔身边，它不明白发生了什么，但它看到有人哭得可怜，本能感觉出不是好事，乖巧地坐着，绞着两个食指，忐忑不安，完全不知道是自己造成了别人的痛苦。

水玲珑握着碧绿的短刀走过来！小霾看到她眼中有水，知道她哭了，乖巧地退后让开。

水玲珑拿着刀子蹲在玛丽塔身边。

小川的心提到了嗓子眼，他不可能三秒跑回去，他已经离开玛丽塔身边，无法保护她。

水玲珑举起刀子落下，三秒就足以让玛丽塔毙命。小川不自觉地抓紧了婶婶的胳膊。婶婶扭头看他。

“啊，婶婶!”小川思考着不能刺激她——她刚刚平复了情绪，于是大声道，“婶婶，清清弟弟上船的时候说，要等着你和水玲珑过去，我答应他，把你们送过去。你看，他们往那个方向去了。”小川指着远方给婶婶看，自己却回过头，看到水玲珑举起刀子，朝着玛丽塔胸口刺去，他无法阻拦。

小霾拿着一块碎玻璃，像吃薯片一样，正咔嚓咔嚓地嚼，完全不知道水玲珑在做什么。

“奶奶希望你好好活着——水玲珑。”小川大声喊。

水玲珑的手发抖了，在玛丽塔胸口停住。

杀了她！水玲珑心里对自己说，你不会再得到这么好的机会了，杀了玛丽塔一了百了，不要管后面是否洪水滔天。水玲珑哭着一咬牙，再次举刀，狠狠地朝着玛丽塔的喉咙刺去。

突然，一片绿叶出现在刀尖处。

小霾看到水玲珑为难地哭泣，拿起一片绿叶。

“快收下吧！”小川大声道，“送你绿叶，就等于承认你是朋友了。”

小霾把绿叶放在水玲珑手心里。她的刀子掉在地上，手心里只有绿叶。

我不是不杀你，等我处理好了婶婶的事情，再来杀你！水玲珑自言自语，可她说出这话之后，马上就嘲笑自己：你和小川一样傻吗？等处理好了，你就杀不到她了。

水玲珑脑海中响起了小川说过的话：我不会乘人之危的。

“我也不会乘人之危的。”水玲珑说，然后她骂着自己走开了——真是一个无药可救的傻子，放过这么好的机会。

总算劝住了婶婶，她情绪稳定下来。

达鲁花赤也过来了，他安排好了老医生，过来给小川帮忙。他们把玛丽塔送回家，就找了两把铁锨，挖了一个长方形的坑，打算把叔叔放进去。

可是一动手，叔叔的头就碎了，他浑身都成了粉末。小川慌忙盖住了叔叔的头，“水玲珑，你回家找个席子。”小川想要支开她，不让她看见这惨状。

“这不是第一次了！”水玲珑冷冷道，她亲手埋葬了爸爸，又亲手埋葬了妈妈，今天又眼睁睁看着叔叔死在面前。她不能软弱，她需要担起他们丢下的人生重担。

小川不想描述那个惨状，叔叔成了粉末，只是没有被风吹走，他们用铁锨把叔叔铲进墓坑，匆匆埋葬，很怕婶婶看到。

水玲珑跪在叔叔坟前哭泣。

小川走向了夏嬷嬷消失的地方，他突然看见了心愿瓶——夏嬷嬷消失了，瓶子却留下来。小川捡起心愿瓶，想起烟熏灰头发的夏嬷嬷总是提着菜篮子，难过了很久。他采摘了两把野花，一把放在叔叔坟前，一把放在夏嬷嬷消失的地方。

夜晚，露水悄然出现在野花上，在月夜里闪闪发亮，像晶莹的泪珠。

民宿内，小川坐在玛丽塔床边，看着心愿瓶。里面琥珀色的凝固物，在他手心的温度下正慢慢融化成液体——美人之泪——一口都能喝完，小川打开闻了闻，一股香甜的味道，好像糖水。

小川翻来覆去地看，他认同夏嬷嬷说的，那些理性的研究人员，谁也不会去研究这类东西——未成年少女的心愿瓶。也许少女对着许愿：啊！让某位帅气王子看上我吧！这怎么能是

012

武器呢？

小川正研究着，突然发现瓶子上出现了一个女人的脸，他慌忙移开瓶子，涟漪婶婶过来了。

小川放下瓶子，慌忙站起来打招呼，“婶婶！”

婶婶心事重重坐下来，她拿起小川放下的心愿瓶，刚刚凝固的液体在她手里又融化了。

“婶婶，你是个心软的人！”小川对她说。

婶婶盯着心愿瓶没有出声。小川就给她讲了瓶子的用途，最后说：“美人之泪，心软的人拿着，才会变成液体！你看，在你手里——这证明你心好。”

婶婶突然就哭起来，她扑通跪在小川面前。

小川吓了一跳，她为何跪下？

“你能帮我一个忙吗？”

“你说。”小川扶她起来，“你坐下说。”

婶婶摇头，“我死后，你……”

“婶婶，你不会死，都已经过去了。”小川蹲下来劝她。

婶婶哭着摇头。

小川默默地递上一条小毛巾，婶婶接过去擦擦眼泪，“我很愧疚，没有带好水玲珑，她爸妈死后，溪澈也生病了，家里没有钱，我就去卖血，”婶婶哭诉，“可人家不要，说来自疫区的血液不安全，我们一家没有活路。水玲珑做了小偷。他叔叔知道后就拒绝吃药。水玲珑很怕失去亲人，她强行给叔叔灌药，她强迫我们活着。”

婶婶说着眼泪哗哗往下流。

“水玲珑舍不得让我们死。你知道吗？她经常半夜突然惊醒，爬起来看我们是不是还活着——她害怕死亡。”

婶婶哭得稀里哗啦，她拉着小川郑重道：“我临死之前拜托你，帮帮水玲珑，不要让她做盗贼了，哥嫂都很善良，我不能把他们的女儿带坏了。”她满脸泪水地请求，“帮帮我，不要让她做贼了。”

“我答应你。”小川也跪下，“你也答应我，好好活着！”

婶婶摇摇头，拉开衣袖。小川看见她的血管也变了颜色，她也感染了魔鬼汁，为了不让水玲珑担心，她就把露出来的脸和手都敷上了粉。

“我不能活了。”婶婶说，“等我死后，你就带水玲珑离开这个伤心的地方。她是个好女孩，孝顺、顾念亲情，我希望她能过正常生活。”

第十九章

定格了最甜蜜的期待

埋葬了叔叔回到家里，水玲珑便发现婶婶也感染了霾病毒。她几乎绝望了，想要大哭一场，可她不能哭，她要去劝婶婶想开一点。

婶婶看到叔叔死了，就一脸绝望。水玲珑怕她想不开去寻死，时时刻刻都看着她。

可她却不见了，水玲珑惊慌失措地到处寻找。后来发现婶婶去找小川，就松了口气。不知道婶婶和小川说了什么，出来的时候，她一脸平静，好像完成了某种心愿。

水玲珑带着婶婶回家。

小川目送她们离开，返回房间看了看玛丽塔。她脸色红润，呼吸平稳。小川就放心了。他坐下，拿起——心愿瓶怎么不见了？

刚刚婶婶还拿着的！

桌上没有，可能掉在地上了。小川把地面瞅了一遍，还是没有！不会是婶婶拿走了吧？她拿走心愿瓶干什么呢？

婶婶知道心愿瓶是做什么的。小川跟她讲了！

这时，小川突然想起，小霾还在外面。婶婶不会拿着心愿瓶找小霾去了吧？

想到这里，他吓了一跳，慌忙让达鲁花赤照看玛丽塔，他去追赶婶婶。

远远就听到了一声撕心裂肺的喊叫，“不要！”

小川加速跑过去，看见小霾还在那棵大树下。只是，婶婶站在它身边，水玲珑正绝望地哀求，“不要啊，婶婶！”

婶婶手拿着心愿瓶，她想用美人之泪制服小霾？这是多么可笑啊！她居然相信了。

“婶婶！”小川跑过来，“你不要冲动。”

水玲珑扑通一下跪在地上，“婶婶，清清在等你呢，你不要死，你的病不严重，可以看好的。”

“是啊！是啊！”小川紧张得语无伦次，“完全没有问题。”

“我决定了！”婶婶举起瓶子，而小霾就站在她身边，很眼馋地看着瓶子，就像三岁小孩看着妈妈手里的棒棒糖。

婶婶打开盖子，它欢快得直跳脚，又着急地吱吱叫着，瓶子里面的东西对它很有吸引力。

小川简直崩溃了，“婶婶，不一定有效，你不能乱来。”没有经过试验，如果惹怒小霾，后果不堪设想。可是婶婶根本不听他说，拿着瓶子就往下倒。

小霾闻到了那股香甜的味道，口水都流出来了，像个等着吃骨头的小狗一样，摇晃着尾巴，跳着脚，等待着倒进它嘴里。

小川劝不住婶婶，又劝小霾不要吃那东西，快点跟他回去找玛丽塔。

霾看了看小川，又眼馋地看回瓶子！那个香味对于小霾，就好像糖果对于三岁小孩的诱惑。它继续仰起小脸，张大嘴巴，伸出粉红小舌头，开心地等待着。

“给你吃！”婶婶说。

小霾听话地蹲在地上，愉快地摆动着尾巴，充满期待地等着吃！

这个时候，水玲珑从背后一跃而上，一把抓住了婶婶的手腕。她不能让婶婶冒险，万一不行，小霾发脾气变成怪兽，会把人腐蚀成粉末的。

水玲珑和婶婶争夺心愿瓶，美人之泪一到水玲珑手里，即刻凝固。婶婶又把水玲珑掀翻在地，夺回瓶子，凝固物一到她手里，又变回液体。

两个人争夺得不可开交。

小霾急了，它也扑过来争夺。小川一看，不得了，慌忙扑过去阻止。中间是婶婶的手。小川和小霾从两个方向扑过来，马上就要撞击在一起。任何触碰到小霾的人都会感染病毒。

“啊啊！不要！”水玲珑哭喊着想要阻止，可她被婶婶压着。

小川和小霾速度很快，小川从左边伸手，小霾从右边伸手，他们都要抢夺心愿瓶。

三只手触碰到一起的瞬间，拿着瓶子的手，拼尽全力，朝着小霾挥了过去，一把就把小霾搂进怀里，小川扑了个空。

扑通一声，他扑倒在地。

接着就是刺啦刺啦——霾病毒感染的声音。

小川喊叫着回过头来，就看见霾在婶婶的怀里，她的胸口瞬间长出了可怕的绿毛——她感染了霾病毒。

但她还是抬起手，倒出了美人之泪。

小霾在她怀里开心地挥舞着小胳膊，张大了嘴巴，伸出粉红小舌头，眯起弯月状笑眼，开心地期待着甜蜜的糖水。

一滴晶莹剔透的美人之泪落下来，定格了小霾最渴望的瞬间，定格了它对甜蜜的期待。

“婶婶！”水玲珑发疯似的扑上去。

可她被拉了起来，小川抓住了疯狂扑上去的水玲珑，一掌把她推了出去。

婶婶怀里有小霾，水玲珑不能碰。

水玲珑摔倒在一边，小川也痛苦地倒在了地上。

“扭到脚了！”

老医生断定，就像在球场上，拼命抢救一个出界的球，用力过猛，踩滑了。

此刻，小川躺在床上，脚被上了夹板，他飞扑起来推倒水玲珑的时候，扭到了脚。是达鲁花赤把他背回来的，老医生给他包扎。

水玲珑趴在另外一张床上，背上全部划伤了，是小川把她推倒所致。

爱新爵萝正在嘲讽小川太鲁莽，不但自己扭到脚，还把水玲珑搞得伤痕累累。爱新爵萝上船离开了呀，“你怎么又回来了?”小川不明白。

“船上都是荔波湾的人，把我一个外地人赶了下来。”爱新爵萝气愤道。

他们都没能逃走。达鲁花赤拼尽全力把玛丽塔扔到船上。可为了全村人的安全，溪流酋长又把玛丽塔推了下来。

老医生阻止，也被带下来。幸亏掉入水里，他那一身老骨头才没有摔碎。

“虽然是外地人，我也为荔波湾做出了贡献!”爱新爵萝说，婶婶中了霾病毒，因为在胸口，病毒很快入侵了心脏，她死了。爱新爵萝埋葬了水玲珑的婶婶。

他还制服了小霾。

一转身，他居然真的抱着小霾。

“啊，你不想活了?”小川一下子跳起来，“你敢抱它!”

爱新爵萝看到小川惊慌的样子，故意拿小霾吓唬他。

012

小川大叫躲避，后来发现，小霾根本不会动。它真的被美人之泪封住了，像个雕像，可爱至极：它仰着脸，眯着月牙状笑眼，大张着嘴巴，伸出粉红色的小舌头，等待着那一滴甜蜜的泪珠。

可是，甜蜜没有落到它嘴里，而是包裹了它全身，定格了它期待甜蜜的那一瞬间，可爱无比，萌化人心，怪不得爱新爵萝当宠物抱着——太可爱了。

“早说嘛！”小川坐回去，“哎呀，我的腿！”又疼得跳起来。

封印了小霾，疫情解除了，爱新爵萝开心地宣布，他爷爷已经派大船来接他们啦。

大家欢呼。

“最后，是我制服了小霾。”爱新爵萝说，“你们都光荣牺牲——哦，不——受伤了，我挺身而出，在婶婶的怀里抓住了小霾。”

他们正开玩笑，外面传来脚步声。一队皇家守卫过来了，他们听说小霾已被制服，就准备把霾带往关塔纳魔湾监狱。

小川看着远远走来的守卫，突然有了个主意。他瘸着腿跳下床，把水玲珑的弓箭放到玛丽塔床头，蹦跳着返回，“不好了！”他惊慌道。

水玲珑爬起来，看外面那些守卫。

“他们是坏人，阻止村民逃跑，差点儿把你弟弟拉下来。”小川故意挑拨。

水玲珑一扭头回到屋里，寻找自己的武器，她突然看见就在玛丽塔床头，没有多想，拿起了弓箭。

这个时候，四个守卫走进屋里。

“你们都看到了!”小川对守卫说，“这个盗贼，要杀猎霾英雄玛丽塔。”

所有目光聚向水玲珑，她拿着弓箭，就站在玛丽塔床头。

“你们应该把水玲珑抓起来!”小川对皇家守卫说。

大家都迷惑了！水玲珑也不明白是怎么回事，她是想要杀玛丽塔，但不是现在啊!

小川大声指证她，“你拿着弓箭在屋里，就是想要杀死玛丽塔，幸亏守卫大哥及时赶到。”

皇家守卫都点头。

老医生看不过去了，把小川拉到一边，悄声问他要做什么。大家知道水玲珑经历了什么。她的亲人刚刚死掉，即便她是个盗贼，他们完全可以偷偷放过她的，小川脑子又出问题了吗?为什么突然要抓她?

爱新爵萝说小川脑子进水了。

达鲁花赤也求情，说水玲珑根本不是坏人。

小川有些感动，不爱说话的达鲁花赤都替水玲珑说话了。但他必须把水玲珑抓起来，带给毕莫大人处置。

这遭到了爱新爵萝、达鲁花赤和老医生的反对，他们骂小川混蛋。

“住嘴，我是一号猎霾战士，算是老大。”小川任性道，“我说把她带走就带走。”

“你会遭到天打雷劈的！”水玲珑咬牙切齿地骂他。

“不会！”小川得意道，“神都瞎眼了，这话是你说的，我可——牢牢记着的！”

第二十章

处置盗贼水玲珑

爱新政德的大船过来，带来了防疫医生，带走了守卫、养病的玛丽塔和前来体验生活的爱新爵萝。

还有让人恨得牙痒痒的小川。

他们启程回森林王国。

像迎接凯旋的英雄一样，他们每到一个港口，众人都拥在岸边，等着一睹囚犯的真容。大家都议论纷纷，小霾成了话题动物。

第二天，大船靠岸，码头上简直是人山人海，大家都来看小霾。

第三天，终于回到紫荆花城码头，城内的人都出来了，他们拥挤在岸边，等待小霾下船。

“民众很变态啊！”爱新政德不解，“干吗都关心囚犯，忘了你们这些猎霾战士！”他得想办法让大家注意到他的孙子，战士才值得敬仰嘛！

“省省力气吧！”小川瘫在椅子上，搂着小霾，“我们都没有小霾可爱。如果做成毛绒公仔，大家肯定都愿意买来抱着睡觉的。”

爱新政德一听，这主意不错，就招呼他的助理过来，讨论开发霾公仔。

现在，大家都不理小川了，只有爱新政德还在询问他想要什么样子的霾公仔。

大家都恨小川，一向和善的老医生也阴沉着脸，达鲁花赤恨不得吃了他。

爱新爵萝狠狠地瞪了小川一眼，安慰水玲珑别难过，他会让爷爷想办法救她的。

小川正遭受大家的白眼，听爱新爵萝这么说，他突然灵光一闪，“是啊！如果你爷爷愿意救水玲珑，水玲珑就不会难过了。”

“什么意思？”爱新爵萝没有听明白，“水玲珑难过是因为你……”

“她会因你而高兴起来。”小川对爱新爵萝说。

大家都没有明白小川说的话。老医生认为他脑子少根筋，说话颠三倒四没有逻辑。

爱新爵萝抱怨小川发神经，非要跟水玲珑过不去。她已经那么可怜了，叔叔婶婶都死了，她需要照顾一家老小。

达鲁花赤说小川会遭到报应的，结果他自己一下子撞到了门框。小川哈哈大笑说："这就是报应！"

他们都不想理小川，下了大船之后，他们坐上车子，不等小川过来就开走了。

小川追赶车子，"喂！等等！我还没有上去呢！"没有人理他，大家都觉得他对水玲珑太过分了。

"一帮没有良心的家伙，"小川愤愤道，"非得让我走回去吗？我还有很多事情要做呢。"

卧室内，爱新爵萝正对着镜子化妆。他成了猎霾战士的代表，等会儿要上台演讲的。他有些紧张，一下就把眼线画歪了，"啊，纸巾！"爱新爵萝喊道。

一张纸递过来，爱新爵萝正准备擦眼睛，发现不是纸巾。他想发脾气，突然发现小川站在旁边，便没好气地问他来干什么。

小川没有回答，他惊讶地看着爱新爵萝，"天啊！你抹了好多粉啊？"

搽粉显得皮肤白嫩啊！爱新爵萝懒得跟他解释，接着画眼线。

"你还画眼线？"小川又惊叫起来，他无法接受一个男孩子坐在镜子前面画眼线。

爱新爵萝推开小川，他真是什么都不懂，画眼线看起来眼睛大呀！

“你把自己弄得像个女孩子，要做什么?”小川问。

“上镜啊!”爱新爵萝解释，“颁奖大会有电视采访!喂，你来干什么?”

小川嘿嘿笑着，说来找点赞助。他指着刚刚那张纸，要爱新爵萝填上一个数字。爱新爵萝被小川打扰得烦死了，眼线又没有画好，还碰到眼睛，看不清字了。

他在纸上胡乱地写下一串数字，就扔给了小川。

小川拿着筹集到的捐款单，就往青苔皇宫前的绿荫广场跑去。这里人声鼎沸，正在举办颁奖大会。

森林王国的民众都过来参加，大家好奇地议论着小霾，它成了当之无愧的话题动物。

小川把筹集到的捐款单给了毕莫大人，就挤在人群中看舞台上。

国王依然是高贵的波尔多红发，戴着绿宝石皇冠，发福的身材，挺着圆滚滚的大肚子端坐在舞台正位上。毕莫大人走上来主持颁奖大会。他告诉民众，疫情解除了，小霾也被制服了。

民众欢呼鼓掌。

“霾逃跑了，我们再次捉住了它。”毕莫大人说，“证明我们的猎霾战队很厉害。这次，战队又有新成员加入，我给大家介绍一下，他就是——爱新爵萝。”

爱新爵萝化着浓妆，一身猎霾战士制服上场。他像个明星似的挥着手，对着镜头不停地眨眼睛，几米的舞台被他磨蹭了十多分钟，才走到了毕莫大人跟前。

“他自告奋勇参加猎霾战队，一直坚守岗位，直到抓住小霾。”毕莫大人忍着看不惯，“我宣布，爱新爵萝成为猎霾战士。”

毕莫大人把银徽章扣在爱新爵萝胸前。

爱新爵萝得到了银徽章，更加神气了，摆出好几个姿势让大家拍照。

爱新政德激动得流出了眼泪。他的手下都挥舞着荧光棒，高喊：“爱新爵萝！爱新爵萝！”声势浩大。

毕莫大人摆摆手，“好了，还有一件事，猎霾少年们带回来一个人。”毕莫大人瞅了瞅舞台角落的水玲珑。

她一脸冷漠，她被守卫押下大船，就关进了关塔纳魔湾监狱，她做好了死的准备，想来这聚会应该是公开处决她的。

“至于怎么处置她，有请国王——”毕莫大人喊道。

国王艰难地从椅子上站起来，拿着几张纸，走到了话筒前面，“我收到很多资料，完全了解水玲珑做了什么，”国王停顿一下，“我看看，该怎么处置她。”

绿荫广场上鸦雀无声，爱新爵萝、老医生恨恨地瞪着小川，达鲁花赤恨不得用眼光杀死他。

“这姑娘做了不少的——”国王又停住了，翻看着纸张，“嗯，她做了不少的——好事！”

舞台上，水玲珑抬起头，惊讶地盯着国王，怀疑自己听错了。

舞台下，老医生伸过头，“孩子们，我有点耳背，刚刚国王说了什么？”

“他说好事？”爱新爵萝一脸迷惑。

达鲁花赤点点头，“没错！”

“嗯嗯！”国王清了清嗓子，说道，“刚才弄错了！”

第二十一章

眼泪稀里哗啦

颁奖会之前，毕莫大人收到了好几份文件，就匆匆交给了国王。

国王很忙的，现在才翻开看这些文件，“啊，刚才看错了，那几张是捐款！”国王抱歉道。

舞台下，民众都议论纷纷。

国王看着文件，“是捐款，数额呢——我就不念了，捐多捐少都是心意嘛。”

他拿出一张，“啊，这是给水玲珑的补贴。”

水玲珑更不明白了，她看了看爱新爵萝。大家都是一脸迷惑，完全不明白是怎么回事。

“猎霾战士都有补贴的，来自爱新家族的慷慨赞助。”毕莫大人插了一句。

爱新政德站起来对着众人点头，许多镜头对着他咔嚓咔嚓地拍照，他看上去很满意。

“这张是阿里木教授的捐款，他把工资都给了水玲珑，表示慰问！”

国王又拿出一张，他满脸惊讶，“这位很慷慨，居然捐了五千万，这够重建家园了。”

水玲珑惊讶地张大嘴巴，一脸不相信的表情。

爱新爵萝眨巴着桃花眼，一脸好奇，“谁那么大方啊？”

“重建家园，是溪流酋长的提议，我准许小七孔民众返回家园。大力扶持他们发展旅游，让他们过上安稳日子。”国王宣布。

这次，更多人鼓掌，欢呼声响彻绿荫广场。

重建是需要经费的，因此他们筹集了一些捐款。就连国王也没有想到，会有这么一大笔捐款。

“我为猎霾战队感到骄傲，他们年轻有为，还如此慷慨，这笔捐款就来自猎霾战队——”国王故意停下来，给台下观众制造悬念。

果然，爱新爵萝就嘀咕开了，“猎霾战队谁啊？我还以为我捐得最多呢。”

“他就是——爱新爵萝！”国王大声宣布。

大家欢呼鼓掌，口哨声四起。

爱新爵萝愣住了。爱新政德一拍大腿站起来，这个败家子，竟然捐那么多，难道家里的钱是大风刮来的吗？是他辛辛苦苦贩卖绿骨头赚来的。这孙子可真大方。爱新政德气极了，一把揪住了爱新爵萝的耳朵，却发现镜头都对着他，于是慌忙松手，抓住爱新爵萝的胳膊。他心中愤怒无比，但脸上竭力保持着微笑。

“爷爷，你别生气，我捐的是五千元。”爱新爵萝被爷爷掐得好疼，赶快解释。

“你写的是五千，”小川在他们背后提醒，“没错，可后面的单位是万哦。”

爱新爵萝挣脱爷爷，朝着小川扑过来，“你个骗子!”

“啊啊啊!”小川惨叫着挣扎，“是你们捐钱，跟我没有关系。”他往舞台上跑。

爱新爵萝追上舞台，发现台下的摄像机、话筒都对着自己，顿时愣住了。

“啊，不好意思，他太激动了!”小川夺过话筒，离开爱新爵萝，“非要揪着我出来说两句，那我就讲两句吧。”

爱新政德发现孙子愣在舞台上，就上去把他拉下来。可他刚刚上了舞台，爱新爵萝就追着小川跑起来。

三个人像玩抓人的游戏，你追我赶的。

爱新爵萝想抢回话筒，不让小川乱说。小川说话没有逻辑，漏洞百出，舞台下的人们肯定会笑话的，爱新爵萝感到丢脸，因此追着小川抢话筒。

小川一边躲避，一边大声对观众说：“我没有出什么力气啦！呵呵，就是拿着捐款单据给了爱新爵萝，他看也不看，就写了五千万啊！”

“我写的是五千——”爱新爵萝气愤地解释。

但是被小川打断了，“是五千，是五千，他当时正在化妆，眯住了眼睛，他看都不看啊，同志们，唰唰就写下了五千，根本不在意后面的单位是万。你们以为他真的眯住了眼，瞎了吗？不是——”

小川提高了声音之后，就停下来，走到水玲珑旁边，说道：“人在做，人在看，人也有像神一样的悲悯胸怀。爱新爵萝在荔波湾，看到了受灾民众的苦难，看到了他们的不容易，他发誓要帮助他们，他曾经亲口对水玲珑说过——别难过，我会让爷爷想办法救你。”

小川拿着话筒声情并茂，“大家看看，爱新爵萝捐出了五千万，”小川指着追过来的爱新爵萝，对观众说，“他有像神一样的悲悯胸怀，他看到了苦难。”

爱新爵萝也站住了。

小川拿着话筒走到爱新政德旁边，“爷爷也支持他，从来没有后悔过，对不对，爷爷？”小川鼓劲地大声问。

当着众人，爱新政德是死要面子的，他只得点头。小川连忙把话筒伸到他面前，“我为孙子感到骄傲！他有悲悯胸怀，他愿意帮助弱者！”爱新政德对着话筒无奈道。

大家鼓掌，镜头对着爱新政德闪个不停。

爱新爵萝在一边暗暗松了口气。

小川收回话筒，继续道："爱新政德不愧是名门望族，他说过，如果孙子不行，要那么多家产何用？可是他的孙子很行，捐了五千万。"

"俗话说，一方有难，八方支援，如果你们愿意帮一把——"小川说着走到水玲珑面前，提起一个纸箱子杵进她怀里。

达鲁花赤带头掏出一张禄币放进去，小川也把自己口袋里的东西都掏出来，放进箱子里。

"如果你们愿意帮一把，他们就能渡过难关。"小川说。

有人掏出了钱包，达鲁花赤把水玲珑拉到舞台下观众群中。

"你们知道吗，为了抓住小霾，就是这个女孩，牺牲了爸爸妈妈，跟着叔叔婶婶生活。可是小霾去了，导致她的叔叔死亡。为了抓住小霾，为了我们的环境，她的婶婶献出了自己年轻的生命，留下三岁的小弟弟和八十岁的老奶奶。"

舞台下，有人在擦眼泪。

"爸爸妈妈、叔叔婶婶都死了，留下没有挣钱能力的老小，这个女孩怎么生活啊？"小川问台下。

没有回答，小川听见了哽咽声，看见又有许多人掏出钱包。

"如果你们帮助她，她就可以重新生活，她就不用去——不能说偷，她就不用乞讨了！你们可以改变她的命运，就是现在——一点帮助。"

舞台下，大家都哭得稀里哗啦，纷纷往箱子里投钱。

达鲁花赤看到水玲珑的箱子放满了，马上拿着另外一个箱子跳下舞台，爱新爵萝也拿着一个袋子下去。

“啊，瞧瞧，你把大家都弄哭了！”国王抱怨小川，拿过他手里的话筒，“我来宣布一件喜事让大家笑笑吧——水玲珑成功晋级，成为金牌战士！”

众人把水玲珑推回舞台，国王拿着金徽章，扣在她胸前。

欢呼声响彻绿荫广场。

第二十二章

爱心大回报

颁奖大会结束，众人散去。

爱新爵萝闷闷不乐，爷爷虽然在人前放过了他，回家肯定要打他的。他一下子捐出了五千万。那不是一两枚金徽章，而是五千万啊！

他跟着小川住了一个星期都不敢回家。今天早上，他决定回家挨打了——他不能一直不回家啊！

他让小川送他回家。

刚刚走出房门，忽然遇到一个胖女人抱着个大箱子过来。小川认识那胖女人——老医生的邻居，“啊，阿姨，你怎么又来了？”小川问。

“来买东西！”她说话声音大得像吵架，把箱子放下，就拿出一个小霾。

“哇，你怎么有小霾？”小川吓了一跳。

老医生听到说话声，出来看，便给小川解释，那是假的小霾，真的小霾已经封印在关塔纳魔湾监狱了。

“这是霾公仔！”女邻居也笑着说。

原来，这霾公仔只是毛绒玩具，一百禄币一个啊！都卖疯了，许多人抢购，女邻居就是特地过来买这毛绒玩具的。

爱新爵萝非常喜欢，也想买一个，女邻居热情地给他指路，“就是爱新家族卖的，听说已经卖五百万个了。”

小川想起来，爱新政德在船上就说要制造霾公仔，真的做了！

爱新爵萝笑了，心里盘算着，一百禄币一个，卖五百万个了！那是多少钱啊！估计爷爷不会打他了，肯定忙着数钱呢。

爱新爵萝不让小川护送了，自己开心地回家了！小川返回，突然看见水玲珑就站在玛丽塔病房门口。

小川有些紧张，慌忙跑过去。

水玲珑正在等小川，看他回来，就问道：“为什么？为什么要这么帮我？”

她被送进监狱，以为自己会被当成盗贼受到处罚。可小川冒着众人的指责，把她押回来，结果是给她筹集捐款，让他们重建家园。

水玲珑不明白这是怎么回事。

小川让守卫把水玲珑押解回来，只是想借颁奖大会给她正名，让她不再做贼，让她重新生活——这是涟漪婶婶临死之前的嘱托：她不想让水玲珑当小偷，想让她过正常生活。

水玲珑缺钱。于是，小川想出了捐款的办法。因为，爱新政德不止一次说过，愿意捐出一半家产。小川就来了灵感，让他捐钱帮助水玲珑渡过难关。

这要是解释起来就太复杂了，小川抓抓脑袋，对水玲珑说了一句话："因为他们都善良，我可不能把他们的孩子带坏喽。"

这句话，水玲珑自己说过，她爱弟弟！她不想弟弟受到不良影响。

婶婶也说过，婶婶爱玲珑，不想她做贼！

小川也说了，他要维护猎霾战队，他想每一个猎霾战士都是坚持正义的人。

无须多言，水玲珑似乎明白了，碧绿的眼睛涌出了泪水，像清清河水淹没碧绿的翡翠，她慌忙低头掩饰。

小川看见她脖子上挂着心愿瓶，空空的，没有美人之泪。

"那瓶子没用了！"小川说。

"有用！"水玲珑尴尬地笑了笑，"它提醒我做个善良的人。"

"你本来就——不坏。"

"你以为我瞎吗？"水玲珑说，"那东西一到我手里就凝固，我都看见了。"她曾经是坏人，但可以选择做个好人。

她还有一件事没做呢。她转身走进病房，把金徽章从自己衣服上摘下来，轻轻地扣在玛丽塔胸前。

现在，她要把金徽章还给玛丽塔。

小川放心地笑了。

“真漂亮！”他称赞道。

这是一枚漂亮的金徽章，周围镶嵌着十八颗闪闪发光的钻石，中间是绿宝石组成的森林王国的标志——绿树，价值不菲，意义重大，代表着和解！

水玲珑如果不做强盗，能怎么赚钱养家？

图书在版编目（CIP）数据

猎霾战队．2，盗贼玲珑 / 王敏著．-- 北京：作家出版社，2019.7

ISBN 978-7-5212-0428-5

Ⅰ．①猎… Ⅱ．①王… Ⅲ．①长篇小说－中国－当代 Ⅳ．①I247.5

中国版本图书馆CIP数据核字（2019）第049772号

猎霾战队2盗贼玲珑

作　　者：王敏
责任编辑：苏红雨　杨新月
装帧设计：孙惟静
封面、内文插图：天怡　殷悦
人物设计：钟诚　Ashly
出版发行：作家出版社有限公司
社　　址：北京农展馆南里10号　　**邮　　编：**100125
电话传真：86-10-65067186（发行中心及邮购部）
86-10-65004079（总编室）
E-mail:zuojia@zuojia.net.cn
http://www.zuojiachubanshe.com
印　　刷：中煤（北京）印务有限公司
成品尺寸：142×210
字　　数：100千
印　　张：5
版　　次：2019年7月第1版
印　　次：2019年7月第1次印刷
ISBN　978-7-5212-0428-5
定　　价：22.00元